O AVESSO DO COTIDIANO

tao

Sérgio Telles

O AVESSO DO COTIDIANO

– CRÔNICAS RADIOFÔNICAS –

2ª edição

O avesso do cotidiano: crônicas radiofônicas

TAO Editora

1ª edição - 2014, Zagodoni
2ª edição - 2023, TAO Editora

Publishers Edgard Blücher e Eduardo Blücher
Editor Jonatas Eliakim
Coordenação editorial Andressa Lira
Produção editorial Catarina Tolentino
Preparação de texto Daniel Safadi
Capa Laércio Flenic
Imagem da capa iStockphoto

Rua Pedroso Alvarenga, 1245, 4° andar
04531-934 – São Paulo – SP – Brasil
contato@taoeditora.com.br
www.taoeditora.com.br

Segundo Novo Acordo Ortográfico, conforme 5. ed. do *Vocabulário Ortográfico da Língua Portuguesa*, Academia Brasileira de Letras, março de 2009.

Dados Internacionais de
Catalogação na Publicação (CIP)
Angélica Ilacqua CRB-8/7057

Telles, Sérgio.
O avesso do cotidiano : crônicas radiofônicas/ Sérgio Telles. – 2. ed. – São Paulo : Tao, 2023.
246 p.

Bibliografia
ISBN 978-65-89913-35-1

1. Crônicas brasileiras 2. Psicanálise - Crônicas I. Título.

22-0646 CDD B869.3

Índices para catálogo sistemático:
1. Crônicas brasileiras

Apresentação da primeira edição

Em meados de 2006, fui convidado por José Márcio Mendonça para participar do programa de entrevistas "Palavra de quem decide", da Rádio Eldorado de São Paulo, do qual ele era o apresentador.

Eu deveria escrever sobre fatos do dia a dia, procurando vê-los sob uma ótica psicanalítica. Essas pequenas crônicas, às quais dei o nome de *O avesso do cotidiano*, alternando com as realizadas pela produtora cultural Alessandra Meleiro, eram inseridas entre as entrevistas comandadas por Mendonça. Assim, de novembro de 2006 a setembro de 2009, escrevi semanalmente um texto que eu mesmo gravava para ir ao ar nas manhãs de sábado.

Recentemente, ao organizar meus arquivos de computador, deparei-me com o conjunto de crônicas e, ao lê-las, percebi que elas não haviam perdido a validade. Se os fatos eram necessariamente datados, o mesmo não acontecia com os comentários, que procuravam captar aspectos mais abrangentes e atemporais dos costumes. Ao mesmo tempo, foi prazeroso rever, com o distanciamento de alguns anos, acontecimentos que então ocupavam espaço na mídia.

Prefácio da segunda edição

A maioria das crônicas comenta o incessante e habitual desfile da nau dos insensatos, da qual somos todos passageiros.

Embora tenha excluído da primeira edição a maioria, havia deixado na edição anterior algumas crônicas que se referiam a acontecimentos do mundo político na época. Resolvi mantê-las agora para salientar a crônica doença da república brasileira. O enredo é o mesmo, apenas mudam os personagens. Se é que mudam.

Esses registros talvez captem a tensão cumulativa que deu origem às grandes manifestações de 2013 e ao surgimento da Operação Lava Jato, de tão grandes repercussões até ser cuidadosamente desmontada.

Nos relatos, a presença da internet se faz notar num momento incipiente, anterior à criação das redes sociais e seu extraordinário poder. A grande referência ainda era a imprensa convencional.

Conteúdo

Guardar velharias

(27/07/06)

Recentemente lemos nos jornais que, incomodados pelo mau cheiro proveniente de uma determinada casa, os vizinhos solicitaram a intervenção dos poderes públicos.

Constatou-se então que a velha senhora que ali morava havia coletado, no correr dos anos, uma quantidade inconcebível de lixo. Toneladas de detritos estavam acumuladas nos diversos aposentos da residência.

Descoberto o fato, considerou-se que tal comportamento decorria de uma enfermidade mental e as providências necessárias foram tomadas.

O estado senil da velha senhora levou a extremos uma característica comum a muita gente – a mania de guardar coisas sem uso, a dificuldade em se desfazer de tralhas e velharias que entulham armários e prateleiras, o não querer jogar fora coisas que um dia tiveram alguma utilidade.

Retemos conosco essas coisas pelo que elas representam para nós, pelas lembranças que nelas estão incrustadas. Relutamos em nos desfazer dos objetos por sabermos que, provavelmente, com eles iriam a memória, as recordações das quais eles dão o testemunho.

Ao ler a notícia da velha mulher que acumulava lixo, cheguei em casa e finalmente tive coragem de jogar fora alguns trastes, entre eles uma antiga borracha de apagar que tinha sido de minha tia e que usei ainda no primário, quando escrevia a lápis e era preciso fazer muitas correções na minha escrita – sem querer dizer, com isso, que hoje seja muito diferente. Era uma daquelas borrachas metade vermelha, metade azul, com uma tira fininha branca no meio. Era tão velha que há muito perdera toda flexibilidade, estava dura que nem um pau e não apagava mais nada.

Agora que dela me desfiz, espero não esquecer tudo aquilo que nela estava embutido e que por tantos anos me fez guardá-la – a infância, o dever de casa, a casa de minha avó, minha tia querida.

Vida e arte

(02/11/06)

Há poucas semanas, foi notificado um fato chocante ocorrido na Áustria – o aparecimento de uma jovem que fora sequestrada oito anos antes, quando tinha 10 anos. Ela fora mantida prisioneira num aposento secreto escavado na casa do sequestrador, que se suicidou ao constatar sua fuga.

Por que um homem iria sequestrar uma menina e mantê-la prisioneira por tanto tempo?

De imediato se vê que não se trata de um sequestro vulgar, pois ele não visava o dinheiro do resgate. Tampouco era um caso corriqueiro (se é que se pode dizer assim) de pedofilia.

O que ele queria era a posse da vítima, da menina que manteve aprisionada por oito anos.

Como entender a conduta bizarra desse sequestrador?

Podemos pensar que ele estabelece uma relação de total e mútua dependência com a sequestrada. Ela depende integralmente dele para se manter viva, e ele também tem sua vida centrada na presença clandestina de sua vítima, pela qual deve zelar.

Recria-se, dessa maneira, um tipo de relacionamento cujas características lembram muito a relação simbiótica primária que se estabelece entre um bebê e sua mãe.

Por que faria isso? Uma hipótese é que o sequestrador, enquanto bebê, teria vivido de forma tão traumática a relação primária com sua mãe que se vê compelido a recriá-la de forma invertida. Não está mais no lugar do bebê desamparado – lugar que é ocupado agora pela sequestrada –, e sim no lugar da mãe que tudo pode.

Ele estaria fixado a esse momento de sua constituição como sujeito, e sua atuação criminosa teria sido a única forma que encontrou para driblar seus intensos conflitos mentais que poderiam ocasionar um mergulho fatal na psicose, na loucura. Pena que, para tanto, uma garota de 10 anos tenha tido de passar tamanha provação, ser sua prisioneira por tão longo tempo.

Como ocorre muitas vezes, a vida imita a arte.

Há um filme de William Wyler de 1965, chamado "O Colecionador", baseado num romance de John Fowles, com Terence Stamp e Samantha Eggar, que conta uma história muito semelhante a esse triste episódio ocorrido em Viena.

Preconceito

(09/11/06)

Dois homens foram acusados de racismo ao serem pegos colando cartazes com críticas ao programa de vagas para afrodescendentes nas universidades públicas.

Segundo a polícia, os cartazes incitavam à discriminação contra os negros. Divulgados no site de um grupo neonazista, os cartazes diziam que os negros "roubam" as vagas dos brancos.

Sem entrar no mérito da política de vagas para afrodescendentes, o que nos interessa nesse episódio é a questão do preconceito.

Se eu perguntar a você, caro/cara ouvinte, se você tem algum preconceito, é bem possível que você responda que não.

É assim mesmo. Na maioria das vezes, as pessoas mais bem informadas negam ter qualquer preconceito.

Já as mais simples, expressam clara e diretamente ideias preconceituosas, embora não as reconheçam como tal. Para elas, tais ideias não são preconceitos. São evidências, opiniões baseadas em fatos e experiências das quais dão fé.

Entretanto, o mais provável é que todos tenhamos nossos preconceitos, pois eles estão intimamente ligados a processos e mecanismos psíquicos presentes em todos nós, como o narcisismo e a projeção.

O narcisismo exige do sujeito a perfeição e não admite que ele tenha falha alguma. Seus defeitos não são tolerados e têm de ser eliminados. É aí que entra em cena a projeção.

A projeção consiste em expelir do seu interior e depositar fora, noutra pessoa ou instituição, tudo aquilo que o sujeito não gosta ou suporta em si mesmo. Feita a projeção disso que ele rejeita em si mesmo, passa a desconsiderar, desprezar e, em casos extremos, querer eliminar a pessoa ou instituição sobre os quais fez a projeção.

O preconceito consiste nisso – o ódio e a intolerância contra aqueles nos quais nós depositamos tudo aquilo que é inaceitável em nós mesmos. É comum que os preconceitos se manifestem de forma coletiva, quando grupos sociais são escolhidos como depositários dessa projeção – negros, homossexuais, nordestinos, as diversas etnias minoritárias da comunidade etc.

A melhor maneira de combater o preconceito é não o negar. Somente reconhecendo sua existência podemos analisá-lo, compreendê-lo e combater sua irracionalidade.

Assim, da próxima vez que lhe perguntarem se você tem preconceitos, pense bem, localize onde eles estão escondidos e os examine com cuidado.

É a única forma de neutralizá-los.

Depois das eleições, com Hanna Arendt

(16/11/06)

Vivemos uma triste ressaca depois das eleições.

Como estamos fartos de saber, elas aconteceram num momento complicado, em que estourava uma sucessão de falcatruas envolvendo o PT e figuras ligadas à presidência.

Mas seria um equívoco se escandalizar exclusivamente com o PT.

Os desmandos nos quais ele se envolveu apenas expuseram a corrupção corrente nas práticas políticas do país.

Nós, cidadãos comuns, ficamos perplexos ao tomar conhecimento de tais práticas e ao constatar as negações e os desmentidos que os políticos passam a proferir quando elas são descobertas e denunciadas na mídia.

Nós, eleitores, cidadãos comuns, muitas vezes vemos os políticos de forma idealizada. Ilusoriamente os consideramos figuras paternas nas quais projetamos nossos desejos de proteção e cuidados. Confiamos neles de forma afetiva, abdicando de exercer sobre eles quaisquer críticas ou cobranças efetivas.

Ao nos posicionarmos como crianças, vendo os políticos como pais perfeitos, o discurso deles nos parece estar acima de nossa compreensão. Assim, não nos julgamos no direito de cobrar coerência e veracidade do que nos falam quando buscam nosso voto.

O mais curioso é que mantemos essa visão infantil a respeito dos políticos, apesar de todas as evidências em contrário.

É muito instrutivo o momento político que atravessamos. Ele deixa muito clara a forma peculiar com a qual a maioria dos políticos trata a verdade.

A pensadora Hanna Arendt diz que o discurso da política é o discurso da mentira absoluta. Isso é corrente nos regimes totalitários, nos quais o passado e a história são permanentemente reescritos em função de interesses políticos do momento presente. Mas os regimes democráticos modernos não estão isentos da propaganda política e da manipulação da informação – que se torna extremamente crítica com o crescente poder da mídia.

Arendt fala que a mentira política tradicional dizia respeito aos chamados "segredos de estado" e negócios diplomáticos. A mentira política moderna, atual, – diz ela – não envolve segredos desconhecidos do grande público, e sim coisas e fatos amplamente conhecidos por todos e que são simplesmente negados apesar de todas as evidências.

Dessa forma, diz ela, o processo da mentira política moderna já não seria a dissimulação da verdade, e sim a destruição da realidade.

Há um aspecto positivo nisso tudo. Saber que o discurso da política é o discurso da mentira nos faz ficar mais céticos e críticos frente aos políticos e deixa menos fácil idealizá-los de forma infantil e regressiva.

Distorções da percepção

(23/11/06)

Costumamos atribuir à percepção – capacidade de captar o mundo pelos órgãos dos sentidos – a importante função de vislumbrar a realidade. Ou seja, de discriminar entre fato e fantasia, entre verdade e ilusão, entre o efetivo acontecimento e a imaginação.

Daí por que muitas vezes ouvimos alguém dizer "vi com meus próprios olhos", como se a declaração da percepção direta de algo reforçasse a veracidade de seu relato.

A confiança que depositamos na percepção para nos guiar dentro da realidade fica seriamente abalada ao nos depararmos com situações como as trazidas pela anorexia nervosa, doença que recentemente vitimou duas jovens mulheres, como foi noticiado.

As pessoas que sofrem de anorexia nervosa têm uma percepção do próprio corpo muito distanciada daquela que sua imagem no espelho deveria lhes fornecer.

A anorética está, de fato, muito magra, só pele e osso. Mas considera-se acima do peso e rejeita a alimentação, temendo engordar "mais ainda".

A percepção consciente de seu corpo, oferecida por seus olhos, é contraposta e anulada por uma imagem advinda de conflitos inconscientes, que impõem uma lógica própria e eventualmente fatal.

A anorexia leva a graus extremos uma possibilidade sempre presente para qualquer um de nós.

Afinal, se a percepção do próprio corpo pode ser completamente distorcida, recriada a partir de fantasias inconscientes, mais facilmente esse processo pode ocorrer com percepções muito mais complexas e abstratas, percepções ligadas aos relacionamentos afetivos, à própria conduta, ao comportamento, percepções da realidade impossíveis de uma aferição direta e simples como a do corpo em seu reflexo no espelho.

A anorexia deveria nos servir como um alerta contra o radicalismo e a intransigência próprios das convicções e certezas muito arraigadas.

Ela nos diz que há sempre uma possibilidade de estarmos equivocados a nosso próprio respeito, pois nossas percepções são filtradas pelo inconsciente e refletem não tanto a realidade factual, e sim o desejo inconsciente.

Direito de morrer

(30/11/06)

A vida e a morte são consideradas, por muitos, como dons divinos.

Por essa razão, qualquer intervenção objetiva e racional sobre os procedimentos ligados à vida e à morte enfrenta grandes oposições e preconceitos.

Por exemplo. Quanto ao começo da vida, pode o homem controlar sua capacidade de gerar novas vidas? Pode ele fazer seu controle de natalidade, seu planejamento familiar? Uma mulher pode interromper uma gravidez indesejada? Ou tudo isso deve ser deixado nas mãos da providência divina?

E quanto à morte, pode o homem abreviar o sofrimento inútil decorrente de doenças incuráveis em estágio terminal? Pode recorrer a procedimentos como a eutanásia? Ou deve suportar passivamente o sofrimento até que Deus o leve dessa para a melhor?

São situações muito difíceis e complexas, que envolvem muitos problemas de ordem ética, moral e religiosa.

É sempre evidência de grande progresso civilizatório cada vez que a vida e a morte são equacionadas sob uma perspectiva humanística, humanitária, distante de ideologias e crenças religiosas que muitas vezes toldam uma visão mais lúcida dessas questões.

Somente em 1997, o estado brasileiro legislou a favor do planejamento familiar, transformando-o num direito constitucional de todos os cidadãos.

E esta semana – o que é uma boa notícia – o governo acaba de regulamentar a prática da ortotanásia. A ortotanásia é uma espécie de eutanásia light – a ser realizada por médicos na fase terminal de doentes incuráveis, após a autorização do próprio paciente ou de seus responsáveis.

Dessa maneira, alivia-se a agonia desnecessária vivida por pacientes e seus familiares, com enorme gasto de energia, dinheiro e sofrimento.

A partir desta semana, ficou mais fácil morrer em paz.

Consumo natalino

(14/12/06)

A publicidade nos bombardeia permanentemente, induzindo o consumo dos bens mais variados, apregoados como indispensáveis à nossa felicidade.

E nós, que até então vivíamos muito bem sem aqueles bens, passamos a achar nossa vida miserável se não os possuímos. Enlouquecidos, saímos em disparada para adquiri-los ou morremos de tristeza se são inacessíveis a nosso bolso.

Um dos truques mais conhecidos da propaganda é estabelecer uma ligação entre os produtos a serem consumidos e nossos desejos sexuais.

Há sempre uma mulher linda ou um homem bem apessoado mostrando os produtos. É como se, ao comprar o produto, o sujeito levasse junto a mulher linda da propaganda ou adquirisse a boa aparência do homem da foto.

Mais ainda.

A propaganda vincula a beleza dos modelos fotográficos à qualidade do produto anunciado.

Por isso não se vê ninguém de má aparência num anúncio publicitário. Quando o feio aparece, é para ser ridicularizado e identificado como aquele que não possui o produto anunciado. O sujeito, então, assustado, para não ficar tão rejeitado quanto aquele pobre coitado, se apressa em comprar o tal produto.

A propaganda diz que o que é o belo é o bom.

A experiência desmente tal afirmação. Afinal, como dizem os velhos provérbios, sabemos que "as aparências enganam", que "quem vê cara não vê coração", que "nem tudo que reluz é ouro".

Apesar de sabermos do caráter enganoso da propaganda, deixamo-nos iludir por ela, pois ela apela para imagens ideais de beleza e perfeição que desejamos alcançar e que abrigamos em nosso inconsciente.

Isso tudo me vem à cabeça com a aproximação do Natal, quando o bombardeio publicitário e a incitação ao consumo atingem o nível de um verdadeiro frenesi, e me vejo, como todo mundo, compelido a fazer minha lista de presentes e sair às compras.

Uma mensagem de Natal

(18/12/06)

Ouvir o barulho do mar, o sopro do vento, o estrondo do trovão, o rugido das feras, o canto dos pássaros, o galope de um cavalo.

Captar a beleza de sons escondidos no ruído das coisas.

Imaginar formas de recriá-los e inventar outros inexistentes na natureza, que se articulem e combinem de forma melodiosa.

Tanger fios de maneira variada, fazê-los ressoar em caixas que lhes deem corpo e sonoridade específica.

Soprar em tubos, pressionar o ar por desvios e curvas diversas, obrigando-o a se contorcer e atravessar orifícios com aberturas controláveis, produzindo sons calculados de antemão.

Criar instrumentos.

Descobrir as escalas de sons, as formas harmônicas e dissonantes de combiná-los.

Inventar a música.

Criar registros dessa produção de sons, de modo a permitir sua reprodução em tempos futuros.

Superando invejas e competições, rivalidades e desgraças pessoais, executando o produto dessa criação em agrupamentos de instrumentos diversos, tocando em uníssono ou em sucessão, obedecendo a um roteiro previamente estabelecido que todos respeitam rigorosamente, visando o trabalho conjunto.

Poderia estar falando algo parecido de qualquer outra criação do engenho humano – outras artes, o conhecimento científico, a tecnologia que tanto facilita nossas vidas.

Mas é à música a que recorro toda vez que me sinto desiludido e desesperançado com o espetáculo da loucura humana. Com nossa destrutividade patente nas guerras e injustiças sociais. Com nossa violência, nossa irresponsabilidade e desrespeito para com o outro humano, com os animais e com a própria natureza.

A música, mais do que qualquer outra criação, diretamente me lembra da capacidade inventiva do homem. Ela atravessa as barreiras das línguas e, de forma imediata, atinge a todos os homens. E sua execução mostra a possibilidade da concórdia e do trabalho visando o interesse comum.

Uma orquestra tocando uma peça sinfônica. Um quarteto tocando música de câmara. Essas são imagens reais, que nos dizem ser possível, sim, a convivência pacífica, produtiva e criativa entre os homens.

São essas imagens que me dou de presente de Natal e que compartilho com vocês, desejando que elas nos deem forças para continuar lutando por um mundo melhor.

Um Feliz Natal a todos.

Ano novo

(25/12/06)

O tempo é uma dimensão cósmica que impõe suas normas ao universo, marcando o momento em que ocorrem transformações nas galáxias e nas estrelas, corpos celestes que, como nós, nascem, vivem e morrem.

Tentamos domesticá-lo, prendê-lo nas engrenagens de um relógio, transformá-lo em minutos que pulsem regular e metodicamente.

Mas o tempo escapa, transborda do relógio. Imenso e informe, retoma sua força original e se transforma no colossal rio que nos conduz da infância à velhice, do berço ao túmulo.

O tempo nos assusta com sua verdade, ao nos dizer o quão fugaz é a vida e que a morte é a única certeza.

Fingimos não ouvir o que ele diz.

Mas na passagem do ano, a realidade do tempo se faz mais evidente. Não dá para continuar fazendo de conta que ele não existe.

Na passagem do ano, somos forçados a refletir sobre nossa forma de lidar com o tempo.

E ao pensar sobre o uso do tempo, temos de pensar sobre o que fazemos de nossas vidas.

Pensar sobre o que temos feito de nossas vidas muitas vezes nos angustia e deprime.

Junto com as conquistas, realizações profissionais e relações afetivas satisfatórias, temos de encarar perdas, erros, enganos, fracassos.

Mas a angústia e a depressão que tal reflexão desperta não são necessariamente más.

Elas podem nos dar forças para mudar, para crescer, para corrigir a rota, rever objetivos, reparar erros, refazer relações.

Na passagem do ano, que nos força a olhar direto para o tempo que passa, lembro a sabedoria de Horácio, antigo poeta romano, que aconselhava – *carpe diem*.

Numa tradução livre, isso quer dizer mais ou menos algo assim – aproveite o dia, usufrua o que ele pode lhe dar, viva-o com toda a intensidade possível, pois ele é o único bem que você de fato tem, o amanhã não está garantido.

Bom ano novo.

Passaportes

(10/01/07)

Determinados dias, vejo grandes filas em frente ao consulado italiano na Av. Paulista.

São pessoas em busca de um passaporte italiano.

Por um lado, penso que essa procura poderia representar o resgate de uma história familiar muitas vezes esquecida, reprimida. A difícil saga da imigração, com suas dores, perdas, vergonhas, medos e triunfos. Ter o passaporte italiano representaria a valorização das origens, o respeito pelos antepassados. O passaporte teria, assim, uma conotação simbólica, não pragmática. Expressaria a ligação com o passado.

Por outro lado, a procura do passaporte poderia refletir a situação do presente e as expectativas quanto ao futuro. Além das fantasias de um retorno simbólico às origens, evidenciaria a procura concreta de um melhor lugar para viver hoje.

A imigração é sempre uma decisão que se impõe quando se inviabiliza a sobrevivência digna no local de origem e se vislumbra a expectativa de melhores condições de vida em outro lugar, que passa a ser procurado.

Se antes o Brasil representava a esperança para italianos sem perspectivas em sua terra de origem, agora as filas mostram a inversão do fluxo. Para os que ali estão na fila, talvez o Brasil se mostre sem futuro, obrigando a migração para melhores plagas.

Além disso, ter o passaporte italiano é ter acesso à porta principal dos aeroportos europeus, escapando das portas laterais onde se agrupam os que vêm das periferias do mundo, dos confins da África e da Ásia, dessa nossa América que se estende abaixo do Equador, nós que saímos do pobre e sujo hemisfério sul.

As filas são um sintoma da crise socioeconômica em que vive a classe média, bem como evidenciam um problema de identidade: brasileiros que não se orgulham de sua nacionalidade e preferem ser vistos como descendentes de uma outra.

Nas atuais circunstâncias, podemos censurá-los por isso?

A "bispa"

(17/01/07)

Como muita gente, gosto de ficar com o controle remoto da televisão, pulando de canal em canal. Quando nessas andanças encontro a "bispa" X, habitualmente me detenho um pouco, para espanto dos que estão por perto.

A "bispa" sempre me impressiona. Eu a vejo comandando multidões em estádios, pregando com o ardor dos profetas. Eu a vejo cantando em grandes espetáculos musicais. Eu a vejo em ambientes mais íntimos, trocando confidências com alguns pobres infelizes. E a vejo "orando", quando usa uma voz especial, tremida, comovida, consumida por um fogo interno, como se estivesse em contato direto com Deus.

Em torno dela, um grande contingente de pessoas desesperadas, dispostas a acreditar em tudo, em qualquer coisa que lhes dê alguma esperança, que satisfaça sua necessidade premente de amor e proteção, pelos quais se dispõem a pagar qualquer preço. E pagam, como bem sabemos.

Costumava dizer, para os que ridicularizavam minha admiração pela "bispa", que ela é uma das melhores atrizes que vejo em minhas peregrinações com o controle remoto pelos canais de televisão.

Eu nada sabia de sua vida até as reportagens sobre sua prisão em outro país por levar dólares não declarados. Soube então que ela tem uma formação universitária, assim como o marido, que também se faz chamar de "bispo".

Se os insondáveis mistérios da vida não tivessem levado a profissional rumo à fundação de uma igreja e a tivessem encaminhado para o teatro ou para a Rede Globo, seu grande talento histriônico teria feito um sucesso muito mais tranquilo e legítimo do que aquele obtido como "bispa".

Seguramente, a prisão em terras estrangeiras ampliará seu repertório com novos papéis. Como o de vítima, por exemplo.

Bruna Surfistinha

(24/01/07)

"Bruna Surfistinha" é o nome de guerra de uma jovem prostituta que, a partir de 2005, começou a escrever um blog na internet, no qual registrava seu cotidiano.

O blog teve uma grande receptividade por parte dos internautas, chegando a receber 15 mil visitas diárias, fato que chamou a atenção da grande imprensa.

Foi então que ela publicou dois livros, que já venderam mais de 200 mil exemplares, e teve seus direitos autorais comprados por 10 países. Além disso, prepara-se um roteiro cinematográfico neles baseado.

Os dois livros mostram seu percurso de menina de classe média que entra na prostituição e dela é resgatada por um "verdadeiro amor" – um ex-cliente que por ela se apaixona, abandonando mulher e filhos.

A pornografia, gênero no qual se inscrevem os livros de Bruna Surfistinha, tem uma longa tradição. Há registros pornográficos em todas as épocas históricas, desde a Grécia Antiga.

A invenção da imprensa deu novo alento à pornografia escrita, criando um campo que, desde então, não parou de se expandir, apesar das sanções legais. Da mesma forma, a pornografia se beneficiou com a invenção da fotografia, do cinema e, mais recentemente, da internet.

Ou seja, cada vez que um novo meio de comunicação se estabelece, logo ele passa a ser colonizado pela pornografia, fato da maior importância e que necessita ser encarado sem preconceitos.

A pornografia tem sido objeto de perseguições morais e religiosas por se acreditar que ela tende a depravar as pessoas, além de induzir a prática de crimes sexuais. Por esse motivo, em muitos países, a produção, distribuição e posse de material considerado pornográfico são vistas como crimes passíveis de punição.

Tais ideias têm sido combatidas com argumentos legais e científicos. A ampla difusão de material pornográfico pela internet fez caducarem muitos dos controles sociais até então eficientes e mostra o caráter fantasioso dessas ideias que insistem no caráter maligno da pornografia. A crer no que elas afirmam, a maciça divulgação de material pornográfico pela internet deveria ter feito com que os crimes sexuais crescessem de forma extraordinária, o que não aconteceu.

Assim, os livros de Bruna Surfistinha se inscrevem numa longa tradição histórica e são divulgados por meio da última invenção tecnológica – a internet.

Pérolas para o rio Tietê

(26/01/07)

Das manifestações em torno do aniversário da cidade de São Paulo, uma delas me chamou particularmente a atenção.

Foi a performance feita pelo artista baiano Marepe, que às 12 horas da manhã do dia 25, da Ponte das Bandeiras, jogou 13 mil pérolas de água doce no rio Tietê. Dessa forma, disse ele, pretendia devolver a beleza e a vida ao rio, ao mesmo tempo em que fazia disso um ritual de oferenda a Oxum, divindade da cultura afro-brasileira protetora das águas dos rios.

Segundo li no jornal, um par de pérolas de água doce custa cinco reais, o que indica que o artista jogou o equivalente a 35 mil reais nas águas do rio.

Uma loucura, um desperdício – diriam os mais desatentos, incapazes de captar de imediato a forte carga simbólica expressa no gesto de Marepe.

Com ele, o artista chama a atenção do público, por meio da mídia, para um fato vergonhoso, com o qual nos habituamos a ponto de nem mesmo lhe dar alguma atenção: enquanto o rio Tietê corta a cidade de São Paulo, são nele despejados 35 mil litros de esgoto por segundo.

Isso faz dele um rio morto, um esgoto a céu aberto.

Com sua performance, Marepe mostra ainda ao grande público essa forma de fazer arte que se consome em atos cheios de conotações simbólicas, não restritos aos espaços privados voltados para a exibição da produção artística (como museus e galerias de arte), mas que se inserem no espaço público, adquirindo, assim, uma forte e direta conotação político-social.

Ao despejar pérolas no rio Tietê, Marepe não está dando "pérolas aos porcos".

Pelo contrário, está dando pérolas contra os porcos que poluem de forma tão irresponsável e criminosa nosso pobre rio.

Os que se esbaldam com o carnaval

(22/02/07)

Agora que o carnaval acabou e o Brasil finalmente vai começar o ano, faço-me uma pergunta que sempre me ocorre nesta época do ano.

O carnaval é um acontecimento que a mídia torna importante ou, pelo contrário, é por ser um acontecimento importante que recebe a atenção da mídia?

Essa questão, concernente à interação da mídia com os fatos, é de difícil resposta.

De qualquer forma, para mim, parece-me excessiva a cobertura que a mídia faz do carnaval.

Não pelas cenas de nudez ou eventuais baixarias apresentadas na TV, mas pelo aspecto exorbitante e excludente que assume. É como se nada mais acontecesse ou importasse no Brasil e no mundo, além dos desfiles de escolas de samba.

Ora, me dirão, desde a antiguidade essa é a milenar função do carnaval. Um curto período de tempo no qual as censuras e proibições são suspensas e a sociedade se livra das obrigações e preocupações habituais, fazendo uma grande catarse coletiva.

Mas será que é isso o que ocorre? Haveria durante o carnaval uma grande descarga emocional das angústias que afligem nossa sociedade?

Não creio que seja assim, embora não se possa negar que alguns realmente se esbaldam com o carnaval.

Entre eles, seguramente estão os donos das fábricas de cerveja e agências de publicidade. A insistência dos anúncios de cerveja, que já havia começado com o verão, adquire grande intensidade com o carnaval. Esses anúncios estão – todos eles – dirigidos a uma população muito jovem, associam o uso de cerveja a sexo e poder, exibindo fortes características machistas.

A veiculação desses anúncios seria impensável em grande parte da Europa e dos Estados Unidos. Ali há uma forte regulamentação da propaganda de bebidas alcoólicas, visando proteger os excessos e a indução de menores ao uso de álcool.

Uma regulamentação desse tipo a ser aplicada aqui no Brasil está mofando em alguma gaveta do labirinto burocrático há algum tempo. Por que será?

Narcisismo e poder

(08/03/07)

Bush se deu ao trabalho de prestigiar, com sua presença, os confins do Império, descendo até nós, na América Latina.

Além das especulações sobre as razões e efeitos políticos desta visita, o acontecimento oferece uma oportunidade para uma reflexão sobre o poder.

O exercício do poder tem uma íntima ligação com a satisfação do narcisismo.

Segundo a psicanálise, o narcisismo é um momento arcaico, primário, de nossa constituição psíquica. O bebê, por ter a ilusão de estar fundido com a mãe que ele vê como todo-poderosa, acredita ser também onipotente e onisciente, pensa ser o centro do mundo, exige que todos seus desejos sejam imediatamente realizados e não tolera nenhuma contestação ou impedimento vindos do outro.

Necessariamente esse estado mental tem de ser abandonado pelo bebê, cedendo espaço para uma visão mais realista de si mesmo, na qual são reconhecidas as inevitáveis limitações e impossibilidades próprias da condição humana.

Somente assim o sujeito pode se posicionar dentro da realidade. Quando isso não acontece, instala-se a psicose, a loucura.

Mas a transição do narcisismo para a aceitação do outro e das limitações reais nunca é definitiva ou completa. Sempre restam núcleos narcísicos que podem ser atualizados em função de circunstâncias da realidade vivida.

O exercício do poder é uma delas.

Por esse motivo, o exercício do poder implica um perigoso paradoxo.

No nível consciente, o poder supostamente exige amadurecimento e discernimento daqueles que o exercem. Porém, no inconsciente, o poder facilita a emergência de uma condição psíquica muito infantil e primitiva, desde que satisfaz, e até mesmo realiza, as arcaicas fantasias inconscientes de onipotência e onisciência, afastando da realidade e da responsabilidade aqueles que o exercem.

Não surpreende, pois, que a história – antiga e contemporânea – esteja cheia das loucuras e desvarios realizados pelos poderosos, com pesadas consequências para eles mesmos e – o que é pior – para todos nós que estamos a eles submetidos.

Violência e maldade

(15/03/07)

A violência e a maldade são características do ser humano.

Essa é uma questão central para as religiões, a moral e a ética. Os mandamentos religiosos e as leis civis visam contê-las, estabelecendo penalidades para pecadores e criminosos e recompensas para aqueles que seguem a lei e seus preceitos.

Para o cristianismo, o mal que habita os homens advém do pecado original, instituído pela desobediência de Eva ao comer a maçã proibida, causando, com isso, um afastamento de Deus e a instalação do mal na espécie humana.

O pensador inglês Chesterton disse uma vez que a realidade do pecado original pode ser observada naquele momento em que, numa calma tarde de verão, as crianças, enfastiadas, começam a torturar um gato.

De fato, isso mostra como a maldade e a destrutividade são inerentes à nossa natureza. E é um bom exemplo, pois quem tem contato com crianças sabe que, em vez dos anjinhos que gostaríamos que fossem, elas podem ser tão cruéis, ou mais, do que nós, os adultos.

A psicanálise, ao estudar a forma como nos constituímos psiquicamente, fez importantes descobertas sobre a gênese da violência e da destrutividade, atribuindo-a às características próprias da dotação genética de cada um e à forma como as primeiras relações que a criança tem com a mãe e, posteriormente, com o pai vão moldar isso.

Nessas relações primárias são forjadas as matrizes da nossa subjetividade, de nossas formas de pensar e sentir, nossa forma de ser.

Se é verdade que a maldade e a violência são atributos humanos inerentes a todos nós, isso não significa que situações externas – quer sejam as das relações familiares, quer sejam as da realidade político-social mais ampla – deixam de ter fundamental importância na administração – por parte de cada um de nós – de nossos impulsos agressivos.

É preciso lembrar isso, pois vivemos um momento no qual se tornou inevitável falar da assustadora violência expressa em assaltos e crimes os mais variados, que degradam a qualidade de vida de São Paulo, essa pobre menina rica das cidades do Brasil.

Se a violência nos é inerente a todos, ela fica extraordinariamente potencializada com o abismo que separa nossas classes sociais, criando um tsunami de excluídos que quase nada têm a perder e que pouco valor dão à vida, quer seja a suas próprias, quer seja à de um outro, ainda mais se esse outro é visto como um privilegiado.

Mídia e violência

(22/03/07)

Muitas vezes se fala sobre a exploração da violência feita pela mídia.

Provocaria ela mais violência? Anestesiaria as pessoas? Banalizaria a visão de crimes hediondos? Geraria medo e insegurança indevidos? Serviria como uma catarse?

São questões importantes e que não podem ser isoladas de um contexto maior, aquele que o pensador francês Guy Debord chama de "sociedade do espetáculo", produto da onipresença da mídia em nossa cultura. Na "sociedade do espetáculo", política, religião, arte, violência, criminalidade, guerra – tudo, enfim – é transformado em espetáculo, o que dificulta a análise e compreensão dos acontecimentos relatados, uma vez que todos são apresentados homogeneamente, simultaneamente, indiscriminadamente.

A violência é, pois, apenas um dos tópicos oferecidos pela espetacularização da realidade oferecida pela mídia.

O apelo que esses programas têm, entretanto, não decorre propriamente da mídia, e sim de uma demanda dos expectadores.

Vejamos por quê.

Os impulsos agressivos, geradores de violência e destrutividade, são característicos de nossa vida psíquica, assim como os impulsos sexuais. Qualquer agrupamento humano ficaria inviabilizado se cada membro do grupo expressasse diretamente seus desejos eróticos e agressivos. Daí por que eles têm que ser necessariamente reprimidos para que seja possível a vida em sociedade. Tais impulsos, apesar de reprimidos, continuam presentes no inconsciente, produzindo efeitos diretos e indiretos. São representados e simbolizados pela linguagem, pela arte, na produção de bens culturais.

Uma tragédia de Shakespeare como *Hamlet*, por exemplo, narra situações humanas de grande violência e destrutividade – traições, incesto, assassinatos, loucuras –, só que expressadas em profundidade e com a forma estética apurada própria à alta literatura. Programas como o do Ratinho ou do Datena mostram as mesmas tragédias, a diferença é que o fazem de forma bruta, crua, não elaborada esteticamente.

A violência na televisão, por um lado, reflete a realidade social explosiva em que vivemos, o que provoca medos realísticos. Por outro lado, a exploração sensacionalista da violência feita pelos programas populares não incita, ela mesma, a prática de atos violentos. Pelo contrário, ao expressá-los, representá-los, simbolizá-los, apresenta para os espectadores uma oportunidade de catarse, de extravasar esses mesmos sentimentos sem que – eles mesmos – tenham de praticá-los.

Roubo de gravatas

(05/04/07)

O caso das gravatas furtadas pelo rabino Sobel em Palm Beach, na Flórida, causou um compreensível choque na opinião pública.

Até então, Sobel sempre recebera a admiração e o respeito de todos que seguiam seu percurso, tanto na comunidade judaica como fora dela.

Ao ser flagrado no ato de roubar, Sobel tentou de início negar, mas, em seguida, o admitiu. Sem poder explicá-lo, pediu desculpas e o atribuiu ao estresse e ao uso de forte medicação psiquiátrica.

Várias hipóteses foram levantadas, sendo a mais óbvia a de cleptomania.

É verdade que jamais saberemos os motivos desse comportamento de Sobel, de tão prejudiciais consequências para ele mesmo, mas o acontecimento ilustra bem o processo de idealização e quebra da idealização em torno de figuras públicas.

A idealização exige a perfeição e não tolera falhas, limites e erros, negando condições inerentes a todo ser humano. Como não poderia deixar de ser, tais falhas terminam por aparecer. Rompe-se, então, a idealização e instala-se o processo oposto, o aviltamento, o desprezo, a rejeição.

Se antes a pessoa era perfeita, agora não vale nada.

No entanto, o raciocínio deveria ser diferente. Ao constatar as falhas na pessoa admirada, em vez de alvitá-la, dever-se-ia refletir que ela se tornou notável *não* por ser perfeita – o que seria fácil –, e sim *apesar* das imperfeições, o que lhe dá a devida dimensão.

As falhas de Sobel, que foram expostas publicamente agora, devem ser, para ele mesmo, velhas conhecidas. E foi *com elas e apesar delas* que ele conseguiu ocupar um lugar proeminente na sociedade e obteve o reconhecimento de todos.

O episódio mostra, mais uma vez, que a idealização e o aviltamento são dois equívocos contra os quais deveríamos estar sempre prevenidos.

Darwin e o papa

(12/04/07)

Esta semana, o papa Bento XVI afirmou que a teoria da evolução de Darwin não pode ser provada completamente, pois, segundo ele, "as mutações ao longo de centenas de milhares de anos não podem ser reproduzidas em laboratório"...

Ao fazer tal afirmação, o papa expressa um conflito que não é exclusivo da Igreja Católica Apostólica Romana, mas pertence a todas as religiões.

Uma das premissas fundamentais de qualquer religião é a existência de deuses responsáveis pela criação do mundo a partir do nada. Por esse motivo, as religiões se sentem diretamente ameaçadas pelo desenvolvimento do pensamento científico, que produz conhecimentos cada vez mais complexos sobre o universo, conhecimentos que – quase sempre – contradizem diretamente os dogmas religiosos, que, como tal, são inquestionáveis.

Embora muitos queiram negá-lo, há uma irreconciliável antinomia entre o pensamento científico e o pensamento religioso, bem ilustrada pela oposição entre a teoria da evolução das espécies de Darwin e o dogma religioso da criação divina.

Durante muitos séculos, a Igreja Católica bateu de frente com a ciência, como mostra o conhecido episódio de Galileu e a inquisição.

Ultimamente, tem havido uma mudança estratégica na guerra entre ciência e religião. Não mais podendo reprimir ou ignorar os conhecimentos científicos, a igreja tenta negar a oposição irreconciliável entre ela e a ciência, tentando apresentá-las como compatíveis.

É o que mostra a afirmação do papa citada acima, na qual ele pretende refutar a teoria de Darwin com falaciosos argumentos supostamente científicos.

Essa nova estratégia é a mesma usada pelos defensores norte-americanos do chamado *intelligent design*, uma nova versão do dogma da criação divina apresentada por eles mesmos como "ciência" e refutada, com toda a veemência, pela comunidade cientifica dos Estados Unidos.

O *loser* de Virgínia

(19/04/07)

Mais uma vez um atirador solitário mata pessoas indefesas nos Estados Unidos.

Desta feita, o assassino é um sul-coreano de 23 anos que se suicidou na universidade de Virgínia, onde estudava, após matar 32 pessoas.

Filho de imigrantes pobres, o jovem deve ter sofrido intensamente as consequências da imigração – a perda da cultura, da língua, dos hábitos e o passar a fazer parte de uma minoria étnica num país estrangeiro, condição quase sempre objeto de preconceitos.

Mas todos os imigrantes passam por situação semelhante, sem que isso os leve a cometer tamanhas atrocidades.

As singularidades de seu psiquismo fizeram com que o jovem sul-coreano reagisse com violência psicótica às pressões da cultura popular norte-americana, que reduz a humanidade a duas únicas categorias, os ganhadores e os perdedores – os *losers* e os *winners,* os vencedores, os famosos, as celebridades que frequentam a mídia.

Se ele se considerava um *loser,* ter o poder de vida e morte sobre professores e colegas ter-lhe-ia dado fugazmente a sensação de ser um grande vencedor, impondo seus desejos, vingando-se de antigas humilhações. Para divulgar seus feitos, até mesmo preparou um pacote multimídia que enviou para uma cadeia de televisão. Mas, ao satisfazer sua vingança, percebe a monstruosidade que fez e constata não ter outra saída senão o suicídio.

Ao drama pessoal, se acrescenta o problema social da fabricação de armas e seu livre comércio nos Estados Unidos. Logo após as condolências do presidente Bush à nação, seu porta-voz acrescentou que o republicano considera ser um direito do povo portar armas, mas que as leis devem ser cumpridas. Com isso, Bush já se posiciona frente a discussão sobre este assunto que certamente será retomada em função do massacre da Virgínia.

Propaganda e publicidade

(26/04/07)

Em 2006 – ano do escândalo do mensalão e das eleições –, o governo Lula gastou mais de 1 bilhão de reais em publicidade. Quando se sabe que essa quantia é a mesma que este ano será destinada ao saneamento básico da nação, vê-se o tamanho da perversão no uso do dinheiro público.

É claro que o estado precisa se comunicar com seus cidadãos, informando-os sobre questões tarifárias e programas de saúde, por exemplo. Mas não é o que acontece na maioria das vezes. Os políticos no poder usam da comunicação para seus próprios fins, procurando vender uma imagem positiva de si mesmos e de seus feitos. Além disso, num país como o nosso, onde o dinheiro é desviado em situações tão fáceis de serem rastreadas, como no superfaturamento de obras públicas, imagine-se a farra proporcionada por tal "publicidade", produto evanescente e de difícil aferimento.

De qualquer forma, a notícia nos faz pensar sobre a divulgação, a publicidade e a propaganda.

A divulgação não age de forma neutra, propondo-se meramente a tornar público determinado feito, acontecimento, pessoa, objeto ou instituição. Tal como a propaganda e a publicidade, ela visa sugestionar e convencer, impor as ideias por ela apregoadas. Ou seja, não há uma pura e desinteressada divulgação. A ela se acompanha sempre um inegável elemento sugestivo. A artificial diferença entre publicidade e propaganda tenta ocultar a proximidade intrínseca das duas. A publicidade não apresenta de forma neutra um produto, ela visa estimular seu consumo.

A propaganda política é uma das características mais fortes dos regimes totalitários, veiculando a "verdade" do poder. Nos países democráticos, a propaganda política tenta disfarçar seu teor manipulador e controlador de mentes por trás da fachada aparentemente inofensiva da divulgação e da publicidade.

Poder judiciário e Kafka

(03/05/07)

Nas democracias modernas, o governo se divide em três poderes – o executivo, o legislativo e o judiciário. Dos três, o judiciário é aquele menos transparente, mais velado, cercado de sombras e idealizações. Nele, estão os homens que zelam pelo cumprimento da Lei. Para que possam exercer seu nobre ofício, devem ser protegidos contra a investida dos outros poderes e, por isso, gozam de certos privilégios.

Essa visão idealizada – que o próprio poder judiciário tenta manter a todo custo – há muito se esboroou. De longa data se fala de venda de sentenças por parte de juízes venais, muito embora isso seja dito sempre à boca pequena, em função do medo de poderosas retaliações.

A investigação em torno de juízes, desembargadores e procuradores ligados ao crime é um grande avanço nas nossas instituições, mesmo que a eventual punição de um ministro do STJ se restrinja à aposentadoria compulsória, o que desperta em muitos de nós, cidadãos comuns, imensa perplexidade e indignação.

É claro que não se deve generalizar. Deve haver os magistrados honestos de sempre. Mas também não se pode ser ingênuo e pensar que aqueles expostos em suas práticas corruptas sejam a exceção.

Muitas vezes, uma obra literária expressa situações e impasses individuais e sociais com muito mais contundência e amplitude do que registros documentais e relatos científicos. É o que ocorre com *O Processo*, romance de Kafka no qual as distorções e desvios do aparato judiciário são colocados a nu com extraordinária pertinácia.

Nele, seguimos o aterrorizado Sr. K, acossado por leis que não compreende, perambulando pelos meandros do palácio da justiça, transformado em balcão de negócios, num bordel onde os corifeus da moralidade e da legalidade tentam esconder as evidências de sua luxúria e corrupção, seus filhos bastardos e pervertidos.

Pílulas de Frei Galvão

(11/05/07)

É necessário fazer uma discriminação entre religião e igreja. A religião refere-se a um profundo sentimento em torno do divino que, embora seja passível de interpretações variadas, é comum a todo ser humano. Já a igreja é uma instituição humana que administra o poder da religião; é sua organização burocrática, estruturada de forma vertical.

As igrejas fazem a intermediação entre os fiéis e a entidade divina. Para provar a eficácia dessa intermediação, as igrejas necessitam de milagres, acontecimentos por elas supostamente propiciados, nos quais ocorreria uma intervenção direta do divino, rompendo as leis da natureza.

Entende-se, então, o imenso apelo popular que têm os milagres e a importância que têm para as igrejas arrebanharem e convencerem seus fiéis.

Se antes os milagres eram raros e especiais, hoje em dia eles acontecem todos os dias e a granel. Basta ligar determinados canais de televisão ou estações de rádio para se deparar com cegos que veem, deficientes que andam, surdos que ouvem, doentes desenganados que voltam à saúde.

O problema é que tais milagres são intermediados por pastores evangélicos e fundamentalistas, que usam com grande habilidade a mídia eletrônica, deixando no chinelo a Igreja Católica, que tem um pudor maior em anunciar seus milagres, cercando-os de complicados processos e rituais.

Enfrentando a concorrência, o papa Bento XVI veio anunciar um novo santo e um novo produto de sua igreja. É a famosa pílula de Frei Galvão. Seu princípio ativo, se é que podemos falar assim, é uma pequena oração escrita no papel dobrado a ser engolido.

Temos de admitir que se, em número de milagres, a Igreja Católica perde longe dos pastores televisivos e radiofônicos, ela ganha de dez a zero em termos de prestígio, pompa e circunstância. Seus milagres são de primeira classe, digamos assim. Os outros, aqueles que aparecem diariamente na TV e no rádio, são milagres – no máximo – de quinta categoria, e olhe lá.

“Relaxem e gozem”

(14/06/07)

A recomendação de Marta Suplicy, ministra do turismo, de que os passageiros – vítimas do caos que se instalou no transporte aéreo brasileiro – simplesmente “relaxem e gozem” sintetiza perfeitamente a relação do poder com os cidadãos.

Quando se sabe que o referido caos nos aeroportos decorre de gravíssimas irregularidades ocorridas na Infraero, todas em processo de abafamento, irregularidades envolvendo corrupção e incúria responsáveis pela não atualização e manutenção adequada da tecnologia necessária à segurança da aviação, a recomendação da ministra assume tons sombrios de conivência com essas irregularidades, além de ser um franco deboche com a cidadania de todos nós.

Mas tal recomendação está perfeitamente de acordo com o espírito dominante no poder frente aos incessantes escândalos que são expostos ao nosso conhecimento. Renan e sua inacreditável defesa feita por aqueles que deviam julgá-lo, o presidente defendendo abertamente as tacanhas maracutaias do irmão, personagem que seria apenas grotesco e ridículo, não fosse mais um indicador da esbórnia generalizada.

É compreensível que, frente a tudo isso e incapazes de negar as evidências cada vez mais gritantes das irregularidades e crimes contra o erário público, as autoridades nada tenham a nos dizer além de “relaxem e gozem”.

Mas nós cidadãos não queremos "relaxar e gozar". Nós queremos que os escândalos sejam apurados e os responsáveis, punidos.

O momento exige que, em vez de "relaxar e gozar", a pequena fração informada da população brasileira esteja muito atenta e preocupada com os acontecimentos e que faça pressão para mudar este estado de coisas.

Escândalos – Insetos grandes e fortes

(22/06/07)

Tenho visto nas redes sociais virulentas cartas circulares atacando o que é chamado de "imprensa golpista". No entender dos emissários dessas cartas, ao divulgar os escândalos que não cessam de aparecer, a imprensa estaria agindo em nome das "elites" para derrubar o governo do presidente Lula.

Se, por um lado, tais cartas evidenciam o grau de radicalização da parcela informada da população brasileira, por outro, apontam para o impasse cada vez mais agudo trazido pela total liberdade de imprensa de que gozamos no momento e que deve ser protegida contra os ataques espúrios de facções radicais.

O impasse a que me refiro decorre do desequilíbrio entre a evolução da imprensa no Brasil e o atraso de todas as demais instituições democráticas constituintes do Estado. Enquanto temos uma liberdade de imprensa de primeiro mundo, temos um sistema político cuja podridão se expõe diariamente e um judiciário caduco, ineficiente, objeto de desconfiança por grande parte dos cidadãos brasileiros.

Apesar de aparentemente apenas mostrar a impunidade dos criminosos situados no poder, as tensões geradas pelo descompasso entre a imprensa e as demais instituições são benéficas para nossa democracia, na medida em que pressionam e mobilizam os cidadãos mais conscientes.

O recente espetáculo Renan Calheiros deixa a nu a pobreza de nossos políticos, sua falta de visão e compromisso com a coisa pública, o compadrio, o corporativismo, tudo compondo um quadro que seria ridículo se não fosse trágico.

Observando a farsa em andamento, o cidadão se assusta ao constatar que o país está nas mãos de homens que despudoradamente dão mostras de suas inconsistências e tentam fazer malabarismos com a lei.

Ao vê-los, impossível não lembrar Plutarco falando de um conselho dado por Anacársis a Sólon. Dizia ele: "As leis são como as teias de aranha que prendem os insetos fracos e pequenos, mas são rompidas pelos grandes e fortes".

Pais

(12/07/07)

Duas ocorrências noticiadas nos jornais nos fazem pensar sobre as dificuldades de exercer o papel de pai nos dias de hoje.

Uma delas diz respeito ao pai de um daqueles "jovens" do Rio que espancaram e roubaram uma empregada doméstica e, como explicação, alegaram que tinham agido assim por pensarem que a mulher era uma prostituta – como se isso justificasse qualquer coisa. Quando foram presos, o pai de um deles defendeu o filho dizendo que ele era uma "pessoa de caráter" e não poderia ser confundido com um "bandido comum".

Na outra, o pai de um rapaz de 28 anos, alcoólatra e usuário de drogas, denuncia o filho à polícia por estar dirigindo embriagado e sem a carta de habilitação, previamente apreendida por outras infrações no trânsito. A polícia prende o rapaz e estabelece uma fiança de 500 reais, que o pai se recusa a pagar, visando, com isso, dar uma lição no filho.

O primeiro pai mostra-se incapaz de ver o ato criminoso e sádico do filho, nega a realidade e a substitui por outra, de acordo com seus próprios desejos. O filho não é um delinquente, não pode ser misturado com bandidos, é uma "pessoa de caráter".

O segundo pai age de maneira oposta. Em vez de negar os atos ilícitos do filho, denuncia-o à polícia, tentando, com isso, incutir-

-lhe a responsabilidade, fazê-lo ver como age de forma perigosa e irresponsável.

O primeiro desconsidera a lei e tenta colocar o filho acima dela. O segundo reverencia a lei, mas necessita de ajuda externa para impô-la ao filho.

Embora diferentes, o comportamento desses pais possivelmente tem algo em comum no que diz respeito ao exercício claudicante da função paterna.

Nessa função, os pais devem ocupar o lugar de representantes da lei, elemento imprescindível para uma boa constituição psíquica dos filhos.

É verdade que ambas as atitudes mostram o amor dos pais pelos filhos e o desejo de protegê-los. E é justamente isso que as torna patéticas e comoventes, na medida em que apontam para uma impossibilidade já estabelecida.

Grande desastre aéreo

(20/07/07)

É difícil falar de qualquer outra coisa que não seja o grande desastre aéreo que nos comoveu a todos, deixando-nos com a confiança profundamente abalada na segurança de nossa aviação.

Embora devamos esperar pelos laudos periciais, é impossível não ver a tragédia como mais um episódio do apagão aéreo instaurado há meses no país sem que medidas efetivas tenham sido tomadas, responsabilidades apuradas, punições realizadas. Do governo, ouvimos antes, através da ministra do turismo, a recomendação debochada para "relaxar e gozar". Por tudo isso, a ideia de uma tragédia anunciada se impõe a todos, fortalecida mais uma vez pelo longo silêncio das autoridades supostamente competentes que deveriam ser as primeiras a se manifestarem e tranquilizarem a população.

Devemos todos ficar atentos para o desdobramento dos acontecimentos, exigindo a punição dos responsáveis.

Numa infeliz coincidência, a tragédia acontece na última semana do Pan, que deveria ser um cartão de visita para o país, uma demonstração de eficiência e modernidade, dando-nos crédito para voos maiores, como sediar uma copa mundial.

Queríamos o olhar aprovador do mundo. Mas tudo parece ter dado errado. O Rio se transformou temporariamente numa praça de guerra, com a truculenta operação na favela do Alemão, Lula foi vaiado estrepitosamente seis vezes, e a tudo isso, que a imprensa internacional certamente observou, se acrescenta o caos aéreo e a grande tragédia com a morte de cerca de 200 pessoas.

Em vez de mostrarmos ao mundo a desejada imagem de progresso e eficiência, expomos a incompetência, a desorganização, o caos, a distância dolorosa entre o Primeiro Mundo, do qual tanto queremos nos aproximar, e a dolorosa realidade de sermos apenas um país de Terceiro Mundo, "em desenvolvimento", preso à corrupção, a uma burocracia ineficiente e caótica, um Estado no qual as autoridades se mostram incompetentes e confusas.

Bergman e Antonioni

(02/08/07)

Gostaria de homenagear a memória de Bergman e Antonioni, diretores de cinema que marcaram profundamente minha geração. Mas – dado a intensidade do momento político que atravessamos – não posso abordar esse assunto sem antes fazer um pequeno comentário a respeito da atitude imperial ou religiosa com que os defensores do governo Lula enfrentam as críticas que começam a se organizar contra ele. As críticas são tratadas como heresias, ofensas ao sagrado, um desrespeito insuportável ou, especialmente, como uma ameaça à democracia. E é justamente o contrário. É por estarmos numa democracia que críticas podem e devem ser feitas aos governantes democraticamente eleitos.

Mas voltemos a Bergman e Antonioni.

Tenho certeza de que todos aqueles que, como eu, estiveram na universidade nos anos 1960 e moravam em cidades pequenas, distantes dos grandes centros urbanos, lembram como a chegada dos filmes desses diretores era vivida como um acontecimento de grande importância. Ninguém ousaria deixar de vê-los, pois seria desprezado como um sujeito ignorante, além de, com isso, impedir-se de participar das longas discussões que se prolongavam madrugada adentro. Nelas, procurávamos interpretar o significado daquelas histórias estranhas contadas de forma também inusitada, bem diferente daquela à qual estávamos acostumados, fregueses que éramos do cardápio hollywoodiano. Bergman e Antonioni nos davam pratos diferentes, sofisticados, que espicaçavam nosso paladar estético.

Tendo à sua disposição os canais da televisão a cabo, as locadoras de DVD, a internet, todas elas despejando uma abundância de bens culturais impensável naquela ocasião, o jovem de hoje dificilmente entenderia o impacto que sentíamos com a chegada dos grandes filmes.

Curiosamente, esta semana tive uma experiência oposta à que acabo de mencionar.

Fui ver *Medos privados em lugares públicos*, o último filme de Resnais, outro dos grandes diretores daquela época, atualmente com 82 anos. Para minha surpresa, eu que tanto me encantara com suas obras-primas, como *O ano passado em Marienbad, Providence, Hiroshima, meu amor*, considerei o filme chatíssimo, bobo, beirando o ridículo.

Estaria novamente intoxicado com o menu hollywoodiano e sentindo como indigesta a alta cozinha francesa?

Parafraseando Machado, o que teria mudado, mudaria Resnais ou mudei eu? Ou, o que é mais provável, teríamos mudado nós dois, Resnais e eu?

Persona e *Gritos e Sussurros*, de Bergman

(09/08/07)

Com a recente morte de Bergman, resolvi rever dois de seus filmes – *Persona* e a *Gritos e Sussurros* –, que ele mesmo considerava como pontos culminantes de sua obra.

Não os via há muitos anos e temia me decepcionar. Mas não foi o que aconteceu. Mais uma vez, rendi-me a sua excelência, reconhecendo estar diante de duas inequívocas obras-primas.

O *Persona* tem um roteiro muito influenciado pela psicanálise. Trata de uma grande atriz que emudece no meio de sua atuação na peça *Electra*, de Sófocles. Recusando-se a falar, é levada a uma psiquiatra que a aconselha a passar uma temporada em sua casa de praia, na companhia de uma enfermeira de sua confiança. Logo se estabelece uma complexa relação entre as duas mulheres isoladas na remota praia. Suas personalidades se fundem, suas identidades ficam misturadas e os segredos de cada uma ficam totalmente expostos, revelando seus dolorosos conflitos psíquicos. No final da temporada, as duas mulheres retomam suas vidas normais, mas ambas profundamente modificadas.

Gritos e sussurros mostra duas irmãs cuidando de uma terceira, enferma em estado terminal. Elas estão na antiga casa onde passaram a infância, com a fiel empregada que as acompanha desde aquele tempo. Se o impacto maior do filme é a impotência do homem frente ao fluir incontrolável do tempo e o também incontornável encontro com a dor e a morte, Bergman desnuda as complexas relações existentes entre as irmãs – o ódio, a inveja, o ciúme. O filme seria insuportavelmente depressivo se não fossem as cenas finais mostrando que, apesar de tudo, apesar de todo o sofrimento, da consciência de nossa finitude, ainda assim a vida merece ser vivida pelos fugazes momentos de felicidade que ela nos oferece.

Não se pode deixar de mencionar os extraordinários aspectos formais de ambos os filmes – o preto e branco de *Persona* e o colorido de rigorosa paleta de *Gritos e Sussurros*.

Caros ouvintes, se ainda não viram esses filmes ou os viram há muito tempo, não se privem de uma experiência estética de primeira grandeza, que, com certeza, muito os enriquecerá internamente. Garanto que não se arrependerão.

O Segredo

(16/08/07)

Esta semana, vi na televisão o programa da Oprah Winfrey, que recebia – mais uma vez – toda a equipe responsável pelo sucesso do livro e DVD chamado *O Segredo*.

Considerado um fenômeno editorial, a primeira edição de *O Segredo* vendeu, nos países de língua inglesa, 2 milhões de exemplares, e sua segunda edição foi de 3,75 milhões. Além disso, transformou-se, nos Estados Unidos, numa marca comercial, geradora de seminários e grupos de estudos. Está vendendo bem no Brasil e mereceu da revista "Veja" uma matéria de capa no último mês de março.

A ideia central de *O Segredo* é a revelação da existência de uma suposta "lei da atração", transmitida milenarmente a grupos privilegiados. Diz essa lei que a pessoa atrai aquilo que ela mesma pensa. Se tem pensamentos negativos, atrairá experiências negativas; se tem pensamentos positivos, atrai coisas positivas para sua vida. Por isso, seu lema é "peça, acredite e receba".

Que a banalidade e superficialidade de tais ideias possam ter tamanho poder de sedução, só se explica pelo apelo que elas fazem às nossas secretas fantasias narcisistas e onipotentes.

Ou seja, a chamada "lei da atração" não é nada mais nada menos do que a velha crença infantil na onipotência do próprio desejo, que plasmaria a realidade, evitando as frustrações que ela provoca.

A "lei da atração" alimenta, pois, a fantasia de que é possível controlar a realidade, submetendo-a inteiramente a nossos desejos.

É verdade que podemos mudar a realidade (ou parte dela), mas apenas por meio de nosso esforço e trabalho, nunca pelo pensamento mágico e onipotente. Além do mais, temos de aceitar que há outros aspectos da realidade que não podemos alterar, por mais que o desejássemos. Refiro-me ao inesperado, ao acaso, à infelicidade, à dor e, evidentemente, à morte, que leva nossos entes queridos e que impreterivelmente nos aguarda.

Ao tentar controlar de forma onipotente a realidade e negar o acaso, a "lei da atração" termina por culpabilizar aqueles que passam por experiências negativas – como estupros, violências, sequestros, doenças e mortes de entes queridos –, responsabilizando-as por elas.

É um direito nosso lutar pela felicidade e tentar concretizar nossos desejos. Mas só o conseguiremos respeitando os ditames da realidade, e não pela sua negação, como apregoa *O Segredo*.

Herdeiros

(31/08/07)

O testamento da milionária norte-americana Leona Helmsley faz jus a sua fama de mulher forte e excêntrica. Proprietária, entre outras coisas, da cadeia de hotéis Helmsley, no final dos anos 1980 passou uma pequena temporada na cadeia por sonegar imposto. Na ocasião, teria dito que pagar impostos é coisa de gente pobre, pois os ricos têm forma de escapar do fisco. Sua observação talvez estivesse mais condizente com o que ocorre no Brasil, onde um rico ir para a cadeia por sonegar imposto de renda é algo absolutamente impensável.

Leona Helmsley deixou um patrimônio de 4 bilhões de dólares. Dessa dinheirama, foram deserdados dois de seus netos, por motivos que "eles conhecem", diz o testamento. A dureza de tal gesto só fica ressaltada com o fato de ter ela deixado para sua cadelinha a nada desprezível quantia de 12 milhões de dólares.

Os testamentos revelam a intimidade afetiva e familiar de seus autores, na medida em que, ao fazerem suas doações, estão retribuindo em dinheiro aquilo que em vida receberam como amor, atenção, dedicação, cuidado.

Por esse motivo, me soa sempre melancólica a doação de dinheiro para um animal de estimação, como periodicamente é noticiado nos jornais. Entendo tais doações como a declaração de falência da vida amorosa de alguém que, no final da vida, encarando a morte, conclui que não foi satisfatoriamente amado pelos seres humanos com os quais convivia, que eles não merecem sua consideração ou reconhecimento, e sim sua vingança. O morto os humilha ao declarar seu amor por um animal de estimação e privá-los de bens materiais.

Não é propriamente o caso de Leona Helmsley. Mesmo assim, não gostaria de estar na pele de seus netos e fico pensando o que teriam eles feito para merecer tamanha punição.

Mentira e discurso político

(05/09/07)

Freud nos ensinou que transitamos do princípio do prazer para o princípio da realidade. Isso significa que, na infância, acreditamos que nossos pensamentos e desejos são onipotentes, portanto capazes de transformar a realidade imediatamente em função de nossos interesses.

É um longo trajeto que temos de cumprir para compreender que a coisa não é bem assim. Que nossos desejos e pensamento não são onipotentes, que temos de trabalhar e aguardar a ocasião apropriada para tentar concretizar nossos sonhos e projetos, sem nenhuma garantia de consegui-los.

Apesar da superposição do princípio da realidade, não abandonamos o princípio do prazer. Ele continua vigente nos sonhos, nas fantasias, na imaginação.

O conflito entre o princípio do prazer e o princípio da realidade faz com que nunca percebamos a realidade tal como ela efetivamente é. Por causa dos desejos e fantasias inconscientes, a realidade termina por ser distorcida – quer grosseiramente, como ocorre nas psicoses, quer discretamente, como ocorre nas neuroses, ou seja, em todos nós.

Mas a realidade pode ser deliberada e propositadamente negada, ignorada e substituída por uma ficção que satisfaz interesses em jogo.

Essa é a atitude característica de algumas patologias individuais, mas que são prática corrente no mundo político.

Os exemplos abundam, mas os 40 do mensalão e Renan Calheiros são paradigmáticos. Um outro caso gritante é o de Bush, justificando a invasão do Iraque com mentiras e fraudes mais do que comprovadas.

Hanna Arendt sempre é citada numa frase em que aborda o que chama de "a banalidade do mal". Mas Jacques Derrida retoma e amplia uma outra afirmação que ela fez, na qual estabelece que a mentira é parte essencial do discurso político.

É verdade que a questão da mentira na comunicação humana é um tema amplo e complexo. Sem ignorar que a expressão absoluta da verdade é uma impossibilidade ilusória, na prática, em nossa vida cotidiana, em nossos relacionamentos pessoais, exigimos do outro um nível mínimo de compromisso com a verdade para estabelecer com ele uma relação de confiança.

Por que não fazemos o mesmo com os políticos? Por que aceitamos que eles nos mintam tão descaradamente?

Escândalos – Bolsa Família

(13/09/07)

Durou muito pouco a alegria que o STJ proporcionou a todos ao legislar sobre o caso dos 40 do mensalão.

A absolvição de Renan Calheiros pelo Senado nos devolve bruscamente à realidade, reinstalando o ceticismo e a desesperança.

Mas é preciso combater tais sentimentos.

Devemos entender que se Renan e o que ele representa "ganharam" a batalha, essa lhes foi muito custosa, criando uma situação inédita na história do Senado. E se ele ganhou essa batalha, isso não quer dizer que a guerra tenha acabado.

É preciso reconhecer que a absolvição de Renan incomoda uma parcela mínima do eleitorado brasileiro, aquela que tem um pouco de instrução e informação. Apesar de pequena, essa parcela tem peso e influência, forma a "opinião pública", que os políticos passaram a temer e querem calar, criando uma ameaça fantasmática que chamam de "ditadura da mídia". A outra grande parcela do eleitorado brasileiro é constituída pela população carente, que nada sabe, mas vota.

Nossa estrutura socioeconômica, que cria um fosso entre os ricos e os pobres, faz com que nossa democracia padeça de graves distorções.

Por exemplo. Um programa de cunho social importante como o Bolsa Família, que resgata largas parcelas da população da miséria absoluta, algo em si de valor inquestionável, por efeitos da estrutura socioeconômica perversa em que vivemos, pode se constituir como a institucionalização do curral eleitoral, o estabelecimento oficial do voto de cabresto.

Os beneficiados pelo Bolsa Família – com toda razão – votarão em qualquer um que lhes garanta aquele mínimo de subsistência.

Dizendo de outra maneira, os votos provenientes do Bolsa Família estão garantidos, não ficam ameaçados com a atuação da tal "ditadura da mídia".

Não foi à toa que recentemente o governador da Paraíba, Cunha Lima, ao ser acusado de comprar votos por ter distribuído 35 mil cheques de 150 e 200 reais, negou a acusação, dizendo estar fazendo em seu estado exatamente o que Lula faz no Brasil com o Bolsa Família.

“Cidadão israelita neonazista”

(20/09/2007)

Embora o assunto esteja saturado, é difícil deixar de falar dos infindáveis escândalos que a política continua a nos fornecer. Ainda mais que a única coisa que podemos fazer é exatamente isso – falar, comentar, colocar a boca no trombone, ressoando as denúncias expostas diariamente na imprensa e que os competentes inquéritos oficiais, como sempre, gostariam de rapidamente engavetar.

Mas hoje resisto à tentação e comento o até então impensável episódio envolvendo cidadãos israelitas neonazistas. A simples menção de um “cidadão israelita neonazista” parece um completo contrassenso, uma impossibilidade. Afinal os próprios fundamentos de Israel repousam no trauma decorrente do extermínio realizado pelos alemães, sendo o nazismo o símbolo máximo do inimigo externo.

Mas o que parecia impossível aconteceu. Tais cidadãos picharam sinagogas com a suástica, gritaram o famoso “Sieg Heil”, espancaram judeus ortodoxos, realizaram, enfim, todo o conhecido catálogo das velhas ignomínias.

Esses israelitas neonazistas são jovens imigrantes russos vivendo há pouco no país, que ganharam a cidadania por terem remota ascendência judaica. Provavelmente não se identificaram ainda com sua nova pátria, continuam a se ver como russos. Mantêm a antiga identidade, são estrangeiros em Israel.

O fato ilustra a irracionalidade do preconceito. Os preconceitos são mais facilmente despertados contra os "outros", aqueles diferentes de nós na cor, na religião, nos costumes, na culinária, no modo de vestir, nas práticas sexuais. Nosso narcisismo nos faz crer que somos o centro do universo, que nossa maneira de ser, nossas crenças e rituais são os corretos, os modelos a serem imitados. Ao ousarem ser diferentes de nós, os "outros" ferem profundamente essa nossa convicção.

No caso dos imigrantes russos, ao não se identificarem com os judeus, ao não se deixarem assimilar na nova cultura, marca-se um impasse, fica mutuamente estabelecida a distância entre o "nós" e o "eles" – os "outros", os diferentes. Por esse motivo, a mãe de um dos neonazistas disse não acreditar nas acusações feitas contra o filho, atribuindo-as ao preconceito dos judeus contra os imigrantes de fala russa.

O nós e o "eles". O eu e o "outro". Um encontro sempre potencialmente explosivo.

Escândalos – "Ditadura da Mídia"

(04/10/07)

O descalabro das negociações em torno do orçamento público; o gozo da impunidade frente aos mais flagrantes e frequentes delitos por parte de deputados e senadores; o pragmatismo aético das decisões do estado – tudo isso que vemos hoje na política brasileira não é novidade.

A novidade é que tudo isso, que sempre existiu e que ficava ocultado para o grande público, agora está exposto, com toda a minuciosa clareza, pelos meios de comunicação de massa, por terem eles adquirido uma certa autonomia frente ao poder do Estado.

Potencialmente, todas as maracutaias podem vir à tona.

Dessa maneira, se é verdade que "suas excelências" continuam gozando do foro privilegiado que lhes garante a impunidade apesar das evidências mais contundentes de suas condutas corruptas, elas não têm mais a antiga tranquilidade de que tudo isso ficaria escondido por debaixo do pano.

Se não há, como deveria, uma punição legal para seus atos ilícitos, há essa punição simbólica – o serem expostos a uma espécie de degradação pública, a um vexame, a constrangimentos, a vergonhas que atingem diretamente a eles e seus familiares.

Por mais que tentem negá-lo, ostentando a maior cara de pau na televisão e nas fotos nos jornais, querendo fazer crer, por meio de sorrisos despreocupados, que nada os atinge, seguramente esta não lhes deve ser uma situação confortável.

É por isso que eles falam na "ditadura da mídia", querendo calá-la e, com isso, retornar a um momento anterior, quando seus atos ficavam fora do olhar da opinião pública.

Essa opinião pública, apesar de influente, é constituída por uma parcela não majoritária no universo de eleitores, em que os analfabetos funcionais são a grande maioria.

Por isso mesmo devemos continuar fazendo a única coisa que podemos fazer, ou seja, botar a boca no trombone.

O relógio de Luciano Hulk

(11/10/07)

A queixa de Luciano Hulk em torno do roubo de seu Rolex e a resposta do escritor Ferrez – ambas publicadas recentemente na Folha de São Paulo – configuram um interessante sintoma social.

Alegando pagar impostos, Luciano Hulk exige do Estado o cumprimento de sua obrigação constitucional de manter a segurança pública. Ferrez raciocina que, num país de gritante injustiça social como o nosso, é mais do que natural que os despossuídos assaltem e roubem os privilegiados, que, por sua vez, devem se dar por satisfeitos de não serem assassinados durante esses episódios.

Formalmente, Luciano Hulk está correto ao exigir do Estado a manutenção da segurança pública. Mas deixa de lado a questão social, que é salientada por Ferrez, embora usando uma argumentação equivocada, defendendo o salve-se quem puder; os pobres que assaltem e assassinem, e os ricos que se safem.

A discussão em torno do roubo do relógio de Hulk mostra que o problema em pauta transcende a questão da segurança pública, pois ele exige alterações mais profundas na organização social.

No fundo, a questão abordada por Hulk e Ferrez é a mesma do excelente filme "Tropa de Elite". No que diz respeito à segurança pública, a população está entregue, por um lado, aos bandidos, por outro, a uma polícia ineficaz e corrupta ou à brutalidade assassina de esquadrões da morte como o BOPE. Dessa forma, fica evidente que o Estado se mostra incapaz de fazer uso de seu aparato policial e legal para proteger seus cidadãos e que a segurança pública é apenas mais um dos grandes problemas do país a serem efetivamente encarados.

O papel do Estado fica, no momento, ainda mais desacreditado na medida em que os escândalos e a impunidade em torno dos políticos são uma constante, reafirmada mais uma vez esta semana, com a decisão do Supremo Tribunal Federal de proibir a Polícia Federal de indiciar quem tem foro privilegiado, com isso "blindando" governadores, ministros, deputados e senadores.

Nessas circunstâncias, às vezes fica difícil não endossar as teses de Ferrez.

A propósito do Dia dos Médicos

(18/10/07)

Nesta semana, no dia 18 de outubro, como é de costume, comemorou-se o Dia do Médico. Essa data foi escolhida por ser o dia de São Lucas, o apóstolo evangelista que também teria praticado a medicina. São Lucas seria, então, o precursor de tantos médicos escritores, categoria na qual eu mesmo me inscrevo.

Falei que se comemorou o Dia do Médico, mas, na verdade, com as condições de trabalho oferecidas atualmente para o exercício da medicina no Brasil, é de se perguntar se é uma data realmente a ser comemorada pelos próprios médicos.

Cada vez mais distantes da condição de profissionais liberais, hoje em dia no Brasil, cerca de 95 % dos médicos são assalariados de instituições privadas de assistência. Ganhando salários aviltados, eles são obrigados a manter uma rotina estafante e desumana para poderem subsistir com um mínimo de dignidade. Além disso, muitas vezes são agredidos e desrespeitados pela população carente por eles atendida, que os confundem com o poder e neles descarregam suas insatisfações.

Essas são agruras típicas que atormentam a vida de um médico num país como o nosso.

Mas há outras que atingem, noutro nível, os médicos de todo o mundo. Nos tempos atuais, os avanços tecnocientíficos possibilitam intervenções antes impensáveis, criando complicados problemas éticos.

O mais premente e doloroso deles é a questão da eutanásia, ainda um tema tabu, cercado de preconceitos e incompreensões. Como sabemos, hoje em dia a tecnologia médica permite prolongar a vida de pacientes terminais muito além do desejado e do racional, criando situações extremamente penosas para o próprio paciente e seus familiares. É necessário mudar essa situação. A medicina deveria poder ajudar um doente terminal a morrer dignamente em paz, em vez de ter seu sofrimento prolongado desnecessariamente. O médico não tiraria a vida de um paciente. O que está tirando sua vida é a doença incurável. O médico o ajudaria a morrer, se esse fosse seu desejo, ou, no caso de estar inconsciente ou em coma, o desejo daqueles por ele responsáveis.

Essa deveria ser uma decisão do próprio paciente e de seus familiares e que o médico deveria realizar num compromisso ético de grandeza inexcedível, como diz o médico espanhol Marcelo Palácios, presidente da Sociedade Internacional de Bioética, que esteve recentemente no Brasil.

Padre Júlio Lancellotti

(31/10/07)

As constrangedoras acusações de que o padre Júlio Lancellotti teria abusado sexualmente de menores sob sua responsabilidade surpreenderam e escandalizaram muitos, levando-os a negar tal possibilidade.

Acusações dessa ordem podem desencadear verdadeiras histerias coletivas, que, em outras ocasiões, já levaram ao cometimento de grandes injustiças. Por isso mesmo, devem ser apuradas com todo o cuidado possível, especialmente quando envolvem personalidades públicas, como é o caso em pauta.

Devemos ter em mente que se o padre Lancellotti não deve ser condenado de antemão, da mesma forma não pode ser inocentado, como pretendem aqueles que tentam transformá-lo em vítima, papel que ele mesmo se atribui.

Além da questão do abuso sexual, o caso do padre Lancellotti traz uma outra situação embaraçosa que precisa ser investigada. Trata-se do dinheiro que o padre deu para o rapaz com o intuito de "fazê-lo mudar de vida", justificativa com que até a saudosa velhinha de Taubaté, se viva fosse, ficaria reticente.

É claro que as suspeitas vão para o desvio de dinheiro da ONG onde o padre trabalhava.

As ONGs são associações legalmente constituídas por pessoas ou instituições privadas, sobre as quais o governo não tem controle, mesmo quando as financia total ou parcialmente. As ONGs não têm fins lucrativos e agem no sentido de ajudar ou pressionar os governos a executarem medidas de interesse público.

No Brasil, pelo que tem ocorrido, parece que elas se transformaram em mais uma forma eficiente e confortável de roubar dinheiro do Estado, como bem ilustra a CPI que as investiga e que afirma ter o governo repassado mais de 1 bilhão de reais para tais organizações.

Fratricídio

(08/11/07)

Os jornais falaram essa semana de um daqueles crimes que chamam a atenção de todos.

Um jovem de 17 anos, que mantinha uma relação incestuosa com a meia-irmã de 13, matou o meio-irmão de 12 por considerá-lo o filho preferido dos pais.

Incesto, ciúmes mortais entre irmãos, fratricídio.

Lembramos de Caim e Abel, dos irmãos de José, que o venderam como escravo.

Esses assuntos nos horrorizam e fascinam por nos remeterem a nossas primeiras paixões, nossas ligações mais intensas, aquelas que nos constituíram enquanto seres humanos – as relações familiares. São elas que criam e estabelecem nossa própria identidade.

Os amores e ódios que temos em relação a nossos pais e irmãos geram conflitos que, na maioria das pessoas, terminam por serem reprimidos, esquecidos, desviados, podendo eventualmente voltar à tona de forma disfarçada.

Mas não é raro ver que tais conflitos persistem diretamente da infância à maturidade, afetando a vida das pessoas.

Se as experiências emocionais forjadas na família durante a infância podem levar à destrutividade mais violenta entre pessoas do mesmo sangue, como no crime em pauta, não podemos esquecer que elas também podem ser a base de toda a capacidade de amar e construir relações afetivas estáveis, possibilitando o respeito pelo outro, o amor mais desinteressado.

A cumplicidade entre os irmãos, adquirida ao compartilhar inúmeras vivências ligadas ao cuidado materno e ao rigor da autoridade paterna, por eles simultaneamente acatada e burlada, gera uma identificação, uma amizade, uma intimidade e proximidade únicas, extremamente valiosas.

Se o ódio ciumento entre irmãos faz com que um mate o outro, a amizade entre irmãos faz com que a morte de um deles seja vivida pelo sobrevivente como uma perda irreparável.

Comprando roupas

(22/11/07)

Algumas pessoas – na maioria das vezes mulheres, embora o mesmo ocorra com os homens – não gostam de comprar roupas. Ficam ansiosas, intimidadas e pouco à vontade com os vendedores. Terminam comprando a primeira peça que lhes cai na mão e saem correndo da loja. Ou, pelo contrário, passam horas escolhendo peças, numa indecisão que enlouquece os vendedores. E tem ainda aquelas que compram compulsivamente roupas em grande quantidade, deixando-as nos armários sem nunca as usar.

A angústia na hora da compra pode estar ligada ao fato de que as roupas remetem à realidade concreta do corpo. E a relação que cada um tem com o próprio corpo está longe de ser tranquila ou amistosa. Pode-se imaginar ter um corpo muito diferente daquele que realmente se tem. O exemplo mais taxativo é a anorética, que, com sua extrema magreza, teme comer para não ficar gorda.

As fantasias a respeito do próprio corpo confrontam-se duramente com a realidade no ato de comprar roupas. A pessoa vê determinada peça na vitrine e, a partir da imagem corporal que tem de si mesmo, dispõe-se a comprá-la. Ao provar a roupa, a pessoa se defronta com a realidade de seu físico, que se mostra incompatível com a vestimenta escolhida.

O papel do vendedor é fundamental nesse momento. É ele quem vai lidar com a vaidade ferida do comprador, acalmar seu narcisismo em chamas. Ele pode reforçar a negação da realidade, convencendo o comprador daquilo que ele quer ser convencido, ou seja, de que a roupa lhe cai muito bem, ficou ótima em seu corpo. Ou pode dizer a verdade, ajudando o comprador a encontrar algo mais condizente com as características de sua compleição física.

É esse processo que faz com que o ato de comprar roupas fique insuportável para algumas pessoas.

Atração Fatal

(29/11/07)

No litoral paulista, um rapaz invadiu a farmácia onde trabalhava sua ex-noiva, algemou-se a ela e, após horas de negociação com a polícia, terminou por matá-la e se suicidar. Quando romperam o noivado, em junho passado, fora preso por tê-la feito refém por cinco horas, exigindo o reatar da relação.

O trágico episódio não é novidade. Vez por outra vemos notícias semelhantes nos jornais, e essa circunstância já foi tema de filmes, como o "Atração Fatal", com Glenn Glose e Michael Douglas.

O que se vê nesses casos reais e fictícios é a impossibilidade de aceitar o rompimento da ligação por parte de um dos componentes do casal. Essa não aceitação da perda desencadeia um ódio intenso contra aquele que propõe a separação, levando a seu assassinato, seguido do suicídio. Mesmo quando o suicídio físico não ocorre, o assassinato configura um suicídio social, dado as graves consequências para quem o praticou.

É claro que um rompimento amoroso será sempre doloroso, especialmente para a parte abandonada. Mas por que essa dor é insuportável para alguns, levando a desfechos tão sombrios?

Uma resposta possível é que nesses relacionamentos se estabelece uma ligação fusional cujo modelo é a mais antiga relação do bebê com sua mãe, uma relação de dependência absoluta. Sem os cuidados maternos, a criança morre. É assim que se sente o amante abandonado – uma criança largada à própria sorte, sem condições de sobreviver.

Todos nós passamos, em nossa remota infância, por esses impasses e aprendemos a tolerá-los.

Aquele que mata a amada que o abandona nunca aprendeu a tolerar a falta e o abandono. nele, o rompimento com a amada acorda as vivências mais arcaicas do desamparo infantil, a angústia de morte e o ódio assassino por aquela que não mais o quer e o deixa, uma mãe cruel que merece a morte por sua maldade.

Grandes mudanças

(06/12/07)

É comum as pessoas imaginarem dar uma grande virada, fazer grandes mudanças em suas vidas. Tais fantasias aparecem com mais frequência no final do ano, quando o tempo parece renovar-se, o que é velho desaparece e chega o novo.

Vejo com reserva a ideia de grandes viradas na vida, pois o abandono do velho e a imposição do novo não são tão fáceis para o ser humano. Temos um passado, uma história, e as mudanças pretendidas não podem aboli-los, sob pena de perdermos a identidade.

Como analista, sei que, habitualmente, quando estamos infelizes, deprimidos ou ansiosos, tendemos a olhar para fora e culpar os fatores externos por nossos sofrimentos. Daí querermos mudá-los. Pensamos que alterando concretamente aspectos da realidade, vamos acabar com a angústia, o medo ou a depressão que sentimos.

Muitas vezes, tais mudanças podem ter consequências catastróficas, pois equivocadamente foi colocada na realidade externa a causa do sofrimento, quando muitas vezes ele decorre de conflitos no mundo interno, no psiquismo.

Para que não nos frustremos ainda mais, tomando decisões que podem trazer mais prejuízos para nossa vida, precisaríamos, antes de mais nada, conhecermo-nos melhor, entendermos melhor nossas fantasias inconscientes, nosso passado, nossa infância, nossa vida familiar e afetiva.

Isso não quer dizer que mudanças na realidade externa não sejam possíveis ou necessárias. Mas concretizá-las ou não dependerá da capacidade de cada um em avaliar até que ponto elas são exequíveis, realistas e realizáveis ou se são fruto de uma decisão emocional e impulsiva, baseada em fantasias onipotentes, que logo se esfacelarão no confronto com a realidade.

É importante que tenhamos crítica de nossas efetivas capacidades e do tamanho dos desafios a que nos propomos antes de empreender grandes mudanças em nossa própria vida.

Humor ou franca grosseria?

(13/12/07)

Vesgo e Ceará – humoristas do programa "Pânico na TV" – estão saindo do canal em que ficaram conhecidos e indo para um outro, no qual terão mais visibilidade.

Eles fazem a caricatura de um tipo específico de jornalismo, aquele que trata de fofocas de celebridades.

Esse tipo de jornalismo e as celebridades têm uma relação simbiótica. A celebridade quer aparecer na mídia, os jornalistas ganham a vida lhes proporcionando isso.

Por esse motivo, é paradoxal a atitude das celebridades ao se queixarem do assédio que a imprensa lhes faz. Em países mais ricos, quando as celebridades se sentem excessivamente expostas ou desrespeitadas, essa tensa relação explode muitas vezes em processos litigiosos milionários.

A atuação de Vesgo e Ceará se apoia numa ambiguidade que eles levam a extremos – eles agem como humoristas ou repórteres jornalistas?

Assim, em vez dos rapapés habituais dos repórteres, eles agridem as celebridades com perguntas indiscretas, inconveniência e grosserias.

Que as celebridades se sujeitem a tal tipo de hostilidade disfarçada de humor mostra o quanto a mídia é poderosa e como as pessoas estão dispostas a pagar qualquer coisa pelos seus minutos de fama.

Por mais violento que seja o encontro entre Vesgo e Ceará e as celebridades, estas– caso se sintam ofendidas – têm formas de revidar, como já começa a acontecer. O problema é quando Vesgo e Ceará – e outros humoristas do programa – abordam pessoas comuns com o mesmo desrespeito agressivo, pessoas que, ao contrário das celebridades, não têm como se defender e terminam por se submeter a abusos e vexames inaceitáveis.

Vesgo e Ceará muitas vezes rasgam a tênue barreira entre o humor e o mais rude abuso verbal.

Atribulações no Natal

(20/12/07)

Minha família não alimentava a crença no velhinho que mora do Polo Norte.

Sabíamos que o Natal era a "data máxima da cristandade", como uma propaganda de rádio da época não parava de dizer. Que Jesus tinha vindo para nos salvar. Que nascera numa manjedoura, humilde, entre os animais, mas sua grandeza fora captada pelos reis magos, que vieram de muito longe trazendo ouro, incenso e mirra, muito embora ainda hoje não saiba exatamente o que mirra significa. Montávamos o presépio em casa, junto com a árvore de Natal.

À meia-noite, tinha a missa do galo e depois a ceia na casa de minha avó. E aí acontecia o melhor – a distribuição dos presentes, que nós crianças já tínhamos visto à tarde, amontoados em cima do bufê da sala de jantar, mas que não podíamos chegar perto e tocar.

Os presentes não tinham nada a ver com Papai Noel, eram nossos pais, avós e tios quem nos davam, comemorando o nascimento do Salvador.

Até aí tudo bem. Mas no dia seguinte, pela manhã, a meninada aparecia na calçada exibindo os presentes que Papai Noel tinha trazido. Nós, meus irmãos e eu, os incrédulos, dizíamos que os presentes haviam sido comprados pelos pais, que era uma bobagem acreditar em Papai Noel. Os amiguinhos ficavam perplexos com nossa ignorância e queriam nos doutrinar a favor de sua existência.

Outros ficavam revoltados e iam contar para os pais, que, por sua vez, iam reclamar com a minha mãe e censurá-la. Como ela podia ter dito isso para os filhos?

Eu ficava na dúvida. Seria melhor acreditar no Papai Noel ou não?

Provavelmente teria sido mais fácil, pois o que lembro hoje é que, naquele determinado momento, era bem difícil a vida para quem não acreditava em Papai Noel.

Mudando o visual

(20/12/07)

Vejo com curiosidade mórbida aqueles programas de TV nos quais as pessoas se apresentam para uma total reforma no visual, quer seja por uma mudança no estilo de se vestir, aceitando as roupas presenteadas pelo programa, quer seja uma transformação mais radical, por intervenções cirúrgicas que remodelam diretamente o próprio corpo.

É óbvio que tais pessoas estão insatisfeitas com suas aparências e solicitam a ajuda de estilistas ou cirurgiões para consertá-la.

Aqueles que se submetem às intervenções cirúrgicas sofrem mudanças mais espetaculares. Praticamente se transformam numa outra pessoa, até então desconhecida para a família e para elas mesmas.

Os que querem apenas trocar o modo de vestir causam menos impacto. Constrangido, vejo os estilistas depreciarem tudo o que os coitados gostavam de usar até então e imporem aquilo que acham ser mais condizente com a figura deles. Nós, os espectadores, presenciamos a radical alteração realizada e, no final, não ficamos muito convencidos de que tenha havido alguma melhora substancial. A própria pessoa, apesar de expressar uma grande satisfação com o resultado obtido, parece pouco à vontade com a nova aparência.

Esse tipo de programa está na linha dos *reality shows*, entretenimento misto de documentário e ficção, nos quais o expectador nunca sabe até que ponto tudo aquilo segue um roteiro definido e previamente ensaiado, até onde se improvisa, até onde se expõe a genuína realidade.

Ambos os programas – aqueles em que se fazem cirurgias e o outro, em que trocam o guarda-roupa – deixam-me pensativo.

A expectativa de mudança na aparência deixa transparecer o mal-estar interior dos personagens e fico a me perguntar, apagadas as luzes do espetáculo e no interior de suas casas, como ficariam aquelas pessoas. Continuarão com aquele novo estilo de roupa e penteado ou voltarão a usar suas antigas vestimentas tão cruelmente desprezadas pelos estilistas do programa? Estariam satisfeitas com o novo corpo, com os novos seios, com a lipoaspiração que lhes modelou as formas? Estariam mais felizes?

Hóspedes incômodos

(27/12/07)

Nesta época das festas de fim de ano, são comuns as viagens, especialmente para rever e encontrar familiares e amigos, em cujas casas habitualmente se fica hospedado.

Mas o que fazer com o animalzinho de estimação? Deve-se levá-lo ou não? Deixá-lo numa pet shop?

A questão parece irrelevante, mas nos Estados Unidos cresce o número de pessoas que consideram seus animais de estimação como "membros da família".

Escrito em tom jocoso, um dos artigos mais lidos semana passada no *New York Times* tratava desse espinhoso problema – as pessoas que, ao se hospedarem na casa de amigos e familiares, levam este outro "membro da família" e ficam ofendidas quando o novo membro de quatro patas não é bem recebido pelo anfitrião, criando inúmeros embaraços.

O que pensar dessas pessoas que tratam seus animais de estimação quase como a um igual? Seria o extravasar de um amor já distribuído fartamente entre outros seres humanos, excesso que se derramaria sobre os bichinhos? Seria, pelo contrário, um não ter a quem dar tal afeto a não ser ao pequeno animal? Seria, pior ainda, uma forma de projetar a própria carência no *pet*, um tratá-lo da maneira como gostaria de ser tratado?

Seja lá como for, as pessoas têm todo o direito de amar o que ou a quem quiserem ou puderem.

De minha parte, fico constrangido quando vejo senhoras em altos papos com seus lulus ou tratando-os como criancinhas queridas e levadas que têm de ser docemente repreendidas para aprenderem a boa educação.

Frente a tanta delicadeza com o animal, controlo minha vontade de ser rude e inconveniente, e falar quão ridículo aquilo tudo me parece.

Existe a fibromialgia?

(16/01/08)

Desenrola-se no momento, nos Estados Unidos, mais um episódio envolvendo os médicos, a indústria farmacêutica e o FDA – o *Food and Drug Administration*, órgão federal norte-americano que libera as novas medicações.

Trata-se do lançamento, realizado pelos laboratórios Pfizer, de uma nova medicação – denominada, nos Estados Unidos, de *Lyrica* – contra a fibromialgia, uma doença cuja existência é contestada por muitos médicos.

Muitos médicos consideram a fibromialgia uma ficção, no sentido de não ter ela sintomas e causas específicas comprovadas, podendo ser entendida como mais uma das queixas vagas, compatíveis com os quadros de ansiedade crônica e somatização de problemas emocionais. A definição de um médico americano resume o que muitos pensam sobre a fibromialgia: "uma dor crônica trazida por uma pessoa cronicamente queixosa".

Ao considerar a fibromialgia como uma patologia reconhecida, o FDA estaria cedendo aos interesses da indústria farmacêutica, pois lhe possibilita grandes lucros com a venda de medicações específicas para esse novo nicho do mercado.

Vê-se que o problema é bem mais amplo e incorre em graves distorções. Na medida em que o FDA relaxa seus critérios sobre o que é considerado "doença tratável", ou seja, uma alteração no funcionamento normal do corpo capaz de ser corrigida com uma medicação, pode desembocar na medicalização de toda e qualquer aflição humana. Os inevitáveis sofrimentos próprios da vida seriam considerados uma doença passível de ser resolvida com a administração de uma medicação, para a alegria da indústria farmacêutica.

Mas o interesse em firmar o diagnóstico de fibromialgia não é só da indústria farmacêutica. As próprias pessoas que padecem de dor crônica, seguramente uma penosa condição, preferem receber o diagnóstico de fibromialgia e tomar um remédio a pensarem – como muitos médicos e psicanalistas fazem – que tal sofrimento nada mais é que a consequência de um estilo estressado de vida ou a manifestação de conflitos interiores a serem resolvidos por intermédio de uma psicoterapia.

Medicalização excessiva

(23/01/08)

Tirando os quadros mais sérios, como as psicoses e neuroses graves, nos quais os sintomas se evidenciam com estridência por meio de delírios, alucinações, agitação psicomotora, profundas oscilações do humor e do comportamento, o diagnóstico em psiquiatria não é fácil.

Ao contrário das doenças físicas, nas quais o médico detecta sinais concretos e mensuráveis no corpo do paciente, os sintomas psíquicos são de mais delicada aferição. Por estar lidando com aspectos da subjetividade do paciente, a avaliação não pode deixar de ser subjetiva por parte do psiquiatra.

Visando dar maior precisão e sistematização aos procedimentos diagnósticos em psiquiatria, a Associação de Psiquiatria Norte-Americana criou o Manual Diagnóstico e Estatístico de Doenças Mentais, o DSM, que se tornou referência praticamente em todo o mundo.

A última versão do DSM foi apresentada em 1994. É a quarta, o chamado DSM IV. Em relação à edição anterior, ela foi aumentada em 400 páginas. Ao saber disso, Crews, um importante intelectual norte-americano, perguntou-se: teria a natureza humana se modificado de tal forma a justificar tamanha alteração no manual?

Alguns pensam que, em seu empenho de dar um caráter estatístico e "científico" ao diagnóstico psiquiátrico, a DSM IV termina por transformar comportamentos e sentimentos comuns, que todos têm no dia a dia, em doenças psíquicas a serem medicadas.

Entre eles, encontra-se o psiquiatra Christopher Lane, que recentemente lançou um livro nos Estados Unidos, cujo título em português seria algo como *Timidez – Como um comportamento normal se transforma numa doença*.

Para exemplificar, Lane mostra a timidez, um traço comum a tanta gente, que passa a ser uma doença diagnosticada como "ansiedade social" ou "transtorno de personalidade evasiva" – uma patologia que afligiria milhões e que deve ser medicada.

Isso indicaria como a sociedade está sendo excessivamente medicalizada, no que se incluiriam as crianças e os adolescentes, muitos deles medicados com antidepressivos.

Carnaval

(30/1/08)

Freud, em seu famoso livro *O mal-estar na civilização*, estabelece que, para viver em sociedade, o ser humano teve de reprimir sua sexualidade e sua agressividade, submetendo-as a regras especificas.

A forma como essa repressão se exerce, entretanto, modifica-se no correr do tempo. Se, algumas décadas atrás, os costumes sociais tendiam a circunscrever a sexualidade no âmbito do matrimônio, hoje em dia, quase que se poderia dizer que ocorre o contrário. Pelo menos nas grandes metrópoles ocidentais regidas pela ideologia do consumo e do narcisismo, o mandato é o de gozar a sexualidade sem maiores problemas. Se antes os costumes puniam aqueles que se excediam nas práticas sexuais, hoje caem no ostracismo social aqueles que são mais inibidos sexualmente.

Não devemos concluir com isso que a sexualidade está mais "livre". A sociedade continua impondo exigências e cobranças no trato da sexualidade, apenas, como vimos, elas mudam no correr do tempo.

Um bom exemplo dessa tolerância social frente à sexualidade se evidencia na deliberação do Ministério da Saúde de distribuir 19 milhões e meio de camisinhas durante o carnaval.

Dessa forma, o governo parece dar foros de verdade a uma fantasia extremamente difundida no imaginário coletivo, de que no carnaval há um grande aumento das práticas sexuais.

Em vez de reprovar ou se escandalizar com isso, como tenta ainda fazer a Igreja Católica, o poder público não só aceita como protege tal manifestação da sexualidade, tomando medidas para prevenir doenças sexualmente transmissíveis e gravidezes indesejadas.

Mas há um problema.

Como conciliar essa ideia de que no carnaval há uma grande liberação da sexualidade com a pesquisa realizada pela Universidade Federal Fluminense, divulgada semana passada? A pesquisadora Wilma Arze, observando a estatística de atendimentos médicos ambulatoriais, concluiu que os picos de diagnósticos de doenças sexualmente transmissíveis ou de abortos não coincidem com a época posterior ao carnaval, como seria de se esperar, dado a suposta promiscuidade sexual vigente naquele período.

Então como ficamos? Seria um mito o aumento de práticas sexuais no carnaval? E se for assim, quem estaria ganhando com a distribuição de milhões de camisinhas nesta época do ano?

Carnaval e despreocupação

(07/02/08)

Como o carnaval é a imagem mais difundida do Brasil no exterior, é possível que lá fora pensem que nós todos, brasileiros, passamos o carnaval dançando seminus nas ruas, seguindo o ritmo quente do samba.

Sabemos que não é bem assim. Para a maioria de nós, o carnaval é um imenso feriadão, aproveitado para viagens e descanso.

Neste ano, nem isso.

Entramos no carnaval assustados com a violência e a insegurança das ruas, exemplificadas pela terrível história do menino arrastado por um carro roubado.

Se o crime exige uma punição imediata e exemplar, isso não resolve o problema.

Pouco antes de saber do crime, tinha visto o excelente documentário "Pro dia nascer feliz", de João Jardim.

Ali ele mostra o estado atual da educação no Brasil, revelando a pobreza, a precariedade e a fragilidade do ensino público, a anos-luz das boas escolas particulares.

Como era de se esperar, a educação reflete exatamente o abismo existente entre os pobres e ricos em nossa sociedade.

Vendo o documentário, fica claro como nosso ensino perpetua os desníveis de nossa sociedade, em vez de criar possibilidades para superá-los.

Aos pobres não é dado um efetivo acesso ao conhecimento e à educação. Eles têm um simulacro de ensino que lhes condena à ignorância, deixando-os impossibilitados de exercer sua cidadania. Em nossa democracia, aos pobres só é concedido o confinamento nos currais eleitorais, constituindo massa de manobra para políticos espertalhões que estão se lixando para a coisa pública.

Ao olhar as fotos dos que mataram o menino de forma tão bárbara e ver que mostram rapazes entre 16 e 23 anos, todos eles pobres, negros, sem estudos, desempregados ou subempregados, moradores de favela, não pude deixar de me lembrar do documentário "Pro dia nascer feliz".

O documentário de João Jardim tem uma contrapartida ficcional, o filme "Cronicamente inviável", de Sergio Bianchi.

De fato, neste carnaval, ao som dos tamborins e vendo as curvas sensacionais das "globelezas", fico matutando: será mesmo o Brasil um país cronicamente inviável? Que deveríamos fazer "para que o dia nasça feliz" não só para uma minoria privilegiada?

Posições da Igreja

(11/02/08)

Um grande passo que consolidou a modernidade do mundo ocidental foi dado com a Revolução Francesa, quando o poder da Igreja e o poder do Estado foram definitivamente separados.

Essa é uma das diferenças fundamentais entre o mundo ocidental e o Islã. Ali os poderes continuam fundidos, o que impossibilita a implantação de uma democracia moderna, na medida em que prevalece o dogmatismo das autoridades religiosas, impedindo o debate sobre uma série de assuntos tidos como tabus.

Essas ideias me ocorrem ao saber das recentes posições da Igreja Católica a serem veiculadas em sua campanha da fraternidade deste ano. Elas dizem respeito ao aborto, ao uso de células-tronco na pesquisa médica, à gravidez assistida, à eutanásia e à prevenção de HIV/aids. Alegando defender a vida, a igreja apela para seus dogmas para se opor a alterações na forma de se lidar com essas questões.

Que a Igreja Católica possa se manifestar a respeito desses e de quaisquer outros assuntos é um direito que as leis democráticas lhe garantem.

Mas não pode ela querer impor seu ponto de vista dogmático, ignorando outras forças sociais que dela discordam no encaminhamento desses problemas.

Devemos ter em mente que essas complexas questões não estão restritas ao campo da religião.

Afinal, são temas que interessam profundamente à sociedade. Neles estão envolvidas questões que dizem respeito à ética, à moral, à legislação, à política e à saúde pública.

O dogmatismo religioso só tem causado danos por onde passa.

Como dizia o Prêmio Nobel de física, Steven Weinberg: "Com ou sem religião, as pessoas boas farão o bem, e as pessoas más farão o mal. Mas para que as pessoas boas façam o mal, aí a religião se faz necessária."

Cigarro e álcool

(14/02/08)

A Organização Mundial de Saúde avisa que possivelmente 1 bilhão de pessoas morrerão neste século em função do uso de cigarros.

Frente a essa mortandade, é de se perguntar por que os Estados não proíbem a fabricação de cigarros e se contentam – e isso só ocorre nos países ricos – com medidas paliativas e ineficazes, referentes à proibição de fumo em lugares públicos e a um precário controle da propaganda.

Alegar que os Estados engordam seus orçamentos com os impostos desta indústria é ignorar que a esse efetivo ganho se contrapõem os custos que eles terão com a assistência médica aos fumantes.

Se não é pelos impostos, por que os Estados não proíbem de vez o fumo? A hipótese mais imediata é que a indústria do cigarro é poderosa e compra os políticos, fazendo-os criar leis que a favoreça.

Seria esse um bom exemplo de como o poder financeiro impõe situações antidemocráticas, de como vivemos todos em plutocracias.

O mesmo ocorre com as bebidas alcoólicas. O álcool, muito mais que a maconha, produz efeitos devastadores na sociedade. Mas a indústria continua a produzi-lo e a impor suas condições, como vimos agora mesmo com o ministro Tarso voltando atrás e liberando a venda de bebidas alcoólicas nas estradas.

Mas é verdade que o problema não é tão simples.

O que ocorre quando o Estado se liberta da pressão econômica da indústria e faz uma efetiva proibição?

A experiência norte-americana da Lei Seca é paradigmática. Naquela ocasião, a pressão social contra a proibição foi tamanha que o Estado teve de revogá-la. Talvez se houvesse uma lei seca do cigarro atualmente, ocorreria algo semelhante.

Que podemos concluir disso tudo? Que a indústria do cigarro, das bebidas, bem como das drogas, atende a uma forte demanda da sociedade.

Parece que a humanidade não tolera enfrentar a realidade totalmente a seco. Ela precisa provocar estados alterados de consciência para aguentar o fardo de viver.

Como o Estado e a cidadania devem lidar com isso? Como lidar com essa necessidade humana? É um problema complexo. A forma mais objetiva e pragmática, embora um tanto redutora, é vê-lo sob o ângulo de suas consequências, ou seja, como problemas de saúde pública.

Fidel, 49 anos no poder

(21/02/08)

Fidel Castro finalmente deixa o poder, depois de 49 anos.

Era o último exemplar de uma fauna extinta, a dos grandes ditadores da esquerda, o remanescente melancólico de um grande sonho frustrado – o da construção de uma sociedade mais justa pela implantação do comunismo via socialismo.

Tem sido muito duro abrir mão desse sonho e reconhecer plenamente as distorções monstruosas nas quais incorreu. Especialmente porque esse reconhecimento pode ser transformado pela direita numa afirmação de que lutar contra as injustiças sociais é desnecessário e equivocado, quando sabemos não ser esse o caso.

É preciso reconhecer o fracasso da revolução socialista, discutir seus erros terríveis e encontrar novas vias para a construção de uma sociedade menos injusta.

Há 18 anos caía o muro de Berlin, deixando exposta, como antes fora feito com a descoberta dos gulags na Rússia, a transformação do sonho no pior dos pesadelos, a loucura social que só o totalitarismo pode engendrar.

Esse momento histórico tão especial está recriado no filme *A vida dos outros*, vencedor do óscar de melhor filme estrangeiro do ano passado. Nele se vê o controle da sociedade exercido pela Stasi, a polícia secreta da Alemanha Oriental, cuja dimensão e força ficam claras ao se saber que contava com 300 mil funcionários. A intervenção invasiva do Estado no mais íntimo da vida de cada cidadão tem efeitos desastrosos, destruindo relações afetivas, esmagando subjetividades e levando muitos ao suicídio. O espectador se pergunta como tudo aquilo pode se manter até tão recentemente e imagina o sofrimento do povo da Alemanha Oriental, que mal se livrara do nazismo para cair noutro regime, que, embora prometesse o contrário do anterior, tinha uma prática totalitária semelhante.

O que ocorrerá com Cuba com o afastamento de Fidel? Haverá uma abertura que nos proporcione a consternadora exposição de mazelas e feridas como ocorreu com a queda do muro de Berlin? Ou será que veremos uma repetição do que ocorre na China, ou seja, o pior de dois mundos, um capitalismo selvagem explorando trabalhadores sem direitos adquiridos no ocidente?

É esperar para ver.

Mentir para os pais

(28/02/08)

Recentemente, a equipe da dra. Nancy Darling, da Penn State University, realizou uma curiosa pesquisa sobre aspectos da mentira praticada por crianças e adolescente.

Centrada em jovens abaixo de 21 anos, a pesquisa mostra que 98% deles mentem para os pais a respeito de praticamente todos os assuntos de suas vidas. Por exemplo: sobre como gastam o dinheiro da mesada, a relação com namorados e amigos, o uso de álcool e drogas, os filmes que escolhem ver, o andar de carro dirigido por amigos embriagados etc.

A pesquisa depois é ampliada e mostra que o mesmo se dá com crianças bem mais jovens, que mentem sobre erros e maus comportamentos para evitar a desaprovação e os castigos por parte dos pais.

Na verdade, a capacidade de mentir apresentada por crianças muito pequenas é tida como uma prova de inteligência e habilidade social.

E como as crianças e adolescentes aprendem a mentir, se os pais lhes incutem os valores morais da honestidade e do falar a verdade? Isso é parcialmente verdadeiro, pois estes mesmos pais veiculam a permissão do uso da mentira ao transmitir para seus filhos os processos de educação e o ensino das boas maneiras. Isso sem falar em seus próprios comportamentos observados pelas crianças, que os veem mentindo em inúmeras situações no convívio familiar do dia a dia.

Em resumo, as crianças mentem porque os pais e os adultos mentem, porque a mentira é um importante e necessário instrumento na comunicação entre as pessoas, tendo, por isso mesmo, livre e ampla circulação social. A convivência entre as pessoas ficaria muito difícil, senão impossível, se não existisse a proteção que a mentira oferece.

Isso significa um elogio da mentira? Não. Significa reconhecer a complexidade envolvida no problema da mentira, uma antiga questão filosófica, ética, moral e religiosa, à qual essa pesquisa, com todo o aparato científico próprio desses procedimentos, apenas dá uma nova roupagem estatística.

A mentira alcança um outro nível de complexidade quando se introduz a noção do inconsciente freudiano, o que permite formular uma importante questão: tendo em vista os mecanismos psíquicos da repressão e da negação, é possível não mentir para si mesmo?

O livro póstumo de Nabokov

(07/03/08)

Uma interessante questão tem agitado o mundo literário norte-americano. Trata-se do destino final a ser dado ao livro *O original de Laura,* de Vladimir Nabokov. O autor não o concluiu e deixou recomendações expressas para que ele não fosse publicado após sua morte, quando os originais deveriam ser destruídos. O livro foi depositado no cofre de um banco suíço e sua mulher, Vera, que deveria ter cumprido as instruções, morreu sem fazê-lo, delegando a tarefa ao filho Dmitri, atualmente com 73 anos e único herdeiro do espólio.

Nabokov atingiu renome internacional em 1955 com o livro *Lolita,* no qual aborda a paixão de um homem de meia-idade por uma pré-adolescente. O romance gerou um filme também famoso, desencadeando uma epidemia de Lolitas pelo mundo afora. Transcendendo esse sucesso popular, Nabokov é tido por muitos como um grande mestre, considerado o maior romancista de língua inglesa do século passado. É compreensível o interesse despertado pela obra.

O fato de ser um livro rejeitado por um autor tão importante espicaça a curiosidade dos estudiosos. Ele poderia proporcionar inúmeras e ricas vias para a compreensão dos processos criativos de Nabokov, seus critérios e escolhas na composição de um texto.

Entre obedecer ao desejo do pai ou ceder às pressões do mundo literário para que o livro seja publicado, não tem sido fácil a posição do filho Dmitri. Após muitas idas e vindas e hesitações, Dmitri decidiu agora pela publicação.

Embora alguns tenham entendido que sua decisão denuncie interesses financeiros, não parece ter sido o verdadeiro móvel da escolha.

Os críticos literários, que centraram a atenção sobre as dúvidas de Dmitri, parecem não ter notado que seu comportamento não foi muito diferente daquele tido pelo autor, seu pai. Observada com atenção, vê-se que a atitude do próprio Nabokov em relação ao livro foi sintomaticamente ambígua. Afinal, se ele teve tempo e forças para deixar ordenada a destruição do livro, porque ele mesmo não o fez, poupando a mulher e o filho de tamanha responsabilidade? Sua atitude não demonstraria uma forte ambivalência, revelando que enquanto, por um lado, desejava a eliminação da obra, por outro, agia de forma a preservá-la?

Wikipedia

(13/03/08)

Entre as muitas novidades e curiosidades possibilitadas pela internet, uma delas, sem dúvidas, é a Wikipedia.

Foi criada há oito anos nos Estados Unidos e, contra todas as previsões, revelou-se um fabuloso sucesso.

Era compreensível a descrença inicial. Quem poderia crer no projeto de uma enciclopédia a ser escrita coletivamente por voluntários anônimos e sem que suas qualificações formais fossem previamente exigidas?

Mas deu certo. A Wikipedia está entre os 10 sites mais procurados na rede, entre os campeões norte-americanos como o Youtube, o Myspace e o Facebook. Recebe mais visitas do que os sites da Amazon ou do E-bay.

Sua edição original, em inglês, é a mais rica e ampla. Atualmente há versões em espanhol, francês, alemão, português, holandês e italiano.

As fontes de informação da Wikipedia são recolhidas de antigas enciclopédias postas em domínio público e atualizadas. Além disso, há a inclusão de uma infinidade de verbetes novos que abrangem um imenso espectro informativo, que vai desde a biografia de heróis de histórias em quadrinhos e celebridades do showbiz até as mais recônditas e recentes produções da alta cultura, da literatura e da ciência.

Essa enciclopédia *sui generis* continua aberta às contribuições de qualquer pessoa, que pode nela entrar, acrescentando novos verbetes ou interferindo nos já estabelecidos. Isso faz com que ela seja escrita e reescrita diariamente por um batalhão de anônimos colaboradores, que num trabalho altruísta, nada ganha com essa função. Para se ter uma ideia, diariamente são deletados 1500 artigos considerados irrelevantes.

Ser um colaborador da Wikipedia é tornar-se um aficionado, é se engajar num hobby para o resto da vida. Há várias funções que um colaborador pode assumir: o de produzir novos verbetes, o de avaliar os que foram acrescentados, o de estabelecer critérios para apagar aqueles considerados não relevantes e, o que é muito importante, o de ficar em permanente vigilância contra os vândalos, os delinquentes juvenis que fazem incursões bárbaras apagando verbetes e substituindo-os por piadas e brincadeiras, algumas delas muito engraçadas.

Tudo isso faz com que a Wikipedia seja muito mais que uma mera enciclopédia de fácil acesso para qualquer um – o que já seria muito. Ela é também um absorvente jogo para aqueles que dela participam, defendendo sua principal característica, a de ser um organismo vivo, em constante movimento.

Abusos contra crianças

(20/03/08)

Noticiou-se esta semana que uma empresária, moradora de um bairro nobre de Goiânia, foi flagrada torturando uma menina de 12 anos sob sua responsabilidade. Em seu apartamento de 600 metros quadrados, a polícia encontrou a menina amordaçada, acorrentada a uma escada e com os pés suspensos no ar.

Ao ser libertada, a menina disse que sofria tais agressões há 4 meses e era tratada como a "filha do demônio". As sessões de tortura envolviam alicates, cadeados, mordaça, pimenta nos olhos e na boca, mutilações nos dedos e na língua, sono interrompido e pressão psicológica.

É claro que tal situação suscita repulsa e indignação. Mas não devemos esquecer que o sadismo – que se caracteriza pelo desejo de controlar, agredir ou destruir pessoas de nossas relações – é uma expressão do ódio e, como tal, é um componente normal da vida psíquica.

A psicanálise mostra que o amor e o ódio estão presentes em todas as nossas relações afetivas, nas quais, habitualmente, o amor prevalece, neutralizando os aspectos mais destrutivos do ódio, o que possibilita um maior equilíbrio afetivo nos relacionamentos interpessoais.

A tortura é uma expressão do sadismo, mas aqueles que a praticam disfarçam o gozo sádico atrás de um objetivo.

Os Estados, por exemplo, praticam a tortura como forma de obter informações consideradas vitais para sua segurança. Sob esse pretexto, ela é largamente usada no mundo todo.

No caso de Goiânia, como a menina era considerada "filha do diabo", a tortura provavelmente tinha como objetivo exorcizá-la e livrá-la do demônio, algo que a Igreja Católica fez inúmeras vezes durante a Inquisição.

O que acontece num caso específico como o da empresária de Goiânia é que, devido a um grave distúrbio psíquico, se desfaz o necessário e habitual equilíbrio entre amor e ódio, possibilitando que o sadismo, ou seja, a destrutividade e a agressividade, se expressem sem nenhum freio sobre a menina.

Os atos e comportamentos sádicos são vistos como crimes merecedores de punições legais. Mas são também sintomas de doença mental e, como tal, devem receber tratamento adequado. Os Estados, por sua vez, se dão o direito de usá-la, abertamente ou não, quando acham necessário.

Culinária muito especial

(27/03/08)

A globalização e o turismo fazem com que os viajantes explorem cada recanto do planeta, atentos a usos e costumes, procurando encontrar o diferente, o inusitado, aquilo que se afasta de seu mundo familiar e cotidiano.

É grande o interesse pela culinária de cada país, os temperos, os cheiros, as texturas, as carnes e peixes e aves, o variado aproveitamento dos animais abatidos.

Um bom exemplo é o restaurante chinês cujo prato principal é o pênis.

Sim, você ouviu bem. Pênis e testículos de diversos animais são as iguarias ali oferecidas. O restaurante atende à elite econômica e seus pratos chegam a custar até 250 libras.

Este restaurante foi recentemente visitado por uma equipe de televisão da BBC.

Um dos repórteres indagou ao chef do restaurante sobre o uso de pênis e ouviu como resposta que, devido aos inúmeros períodos de pobreza e fome ocorridos em sua história, o povo chinês se acostumou a não desprezar nenhuma parte do animal sacrificado. Além disso, acrescentou, acredita-se que a ingestão de pênis potencializa a virilidade por ter supostos efeitos afrodisíacos, daí a majoritária frequência masculina do restaurante.

Após provarem o pênis de vários animais, preparados de diversas maneiras, o repórter perguntou se existia algum restaurante especializado em genitália feminina.

A pergunta suscitou uma grande surpresa no chef chinês, que respondeu, entre indignado e nauseado, que ninguém iria comer tal coisa.

Essa resposta é muito sintomática. Afinal, como tinha sido dito antes, em função da pobreza, o povo chinês não desperdiçava nenhum fragmento do animal. Consequentemente, não haveria nenhum motivo para que se rejeitasse a genitália feminina como ingestão de proteínas e gorduras.

A supervalorização do pênis e o desprezo pela genitália feminina na culinária chinesa refletem a milenar e universal falocracia imperante na cultura que, durante tanto tempo, relegou a mulher a um papel inferior, racionalizando a dominação que os homens exerceram sobre elas.

A importância do falo e seus efeitos imaginários e simbólicos na sociedade, na cultura e no psiquismo de cada um de nós só começou a ser devidamente entendida e analisada com as descobertas feitas por Freud, teorizadas sob o conceito de complexo de castração.

O caso Isabella Nardoni – Parte 1

(03/04/08)

No momento em que escrevo, os suspeitos do assassinato da menina Isabella Nardoni são seu pai e sua madrasta, que estão foragidos.

Há poucas semanas, falamos da mulher de Goiânia que torturava uma menor que estava sob seus cuidados.

Em Portugal, continua sem solução o caso da menina Madeline, que desapareceu do hotel onde estava hospedada com os pais e irmãos menores. Por algum tempo, seus pais ocuparam o lugar de suspeitos, sendo liberados por falta de provas.

Ontem estava vendo na televisão um programa com a menina austríaca que passou trancada anos no porão da casa de seu sequestrador, que se suicidou ao constatar que ela fugira do cativeiro, no ano passado.

Esses crimes expõem o desamparo estrutural que toda criança padece frente ao poder daqueles por ela responsáveis. Por sorte, na maioria das vezes, os pais conseguem proteger seus filhos e cuidar deles, possibilitando que permaneçam vivos e se desenvolvam.

Casos como os citados acima evidenciam claramente a doença mental dos pais. Fica patente que uma pessoa capaz de tamanhas barbaridades não pode estar na posse de suas faculdades mentais.

É bem compreensível que o infanticídio suscite indignação e repulsa, e que nele se considere evidente a doença mental do assassino. Curiosamente, esse mesmo raciocínio não se aplica aos demais e abundantes homicídios veiculados pela crônica policial. Excluindo os casos de legitima defesa – o ter de matar para não ser morto –, não deveriam todos os assassinatos suscitar a mesma indignação e repulsa? Não evidenciariam eles o mesmo desequilíbrio mental do perpetrador?

Entretanto, o homem continua matando o homem e fazendo do "não matarás" um dos mandamentos mais desobedecidos. Como entender a destrutividade e a violência?

O caso Isabella Nardoni – Parte 2

(17/04/08)

O assassinato da menina Isabella Nardoni continua um *top* da mídia.

Um caso como esse permite visualizar o abismo existente entre as classes sociais e como esse abismo se reflete no funcionamento do aparato legal e policial.

Fosse Isabella Nardoni uma menina pobre, residente na favela, tudo seria diferente. Seria mais uma das crianças agredidas e assassinadas por seus pais, em meio a crises domésticas regadas a alcoolismo e miséria econômica. E como tal, seu caso não teria essa grande cobertura da imprensa e se restringiria a uma notinha semelhante àquelas que anunciam as "chacinas" – substantivo anódino que esconde uma realidade insuportável: o assassinato simultâneo de vários jovens pobres da periferia, sem que tal crime suscite qualquer indignação por parte da sociedade. Às vezes penso que o nosso "chacina" se assemelha ao antigo "pogrom", nome que designava as periódicas invasões que a polícia russa fazia nos guetos judeus, matando indiscriminadamente a torto e a direito, com a tácita aprovação da sociedade. Ao tomar conhecimento de uma outra "chacina", não duvido que muitos pensem aliviados: "Menos alguns marginais e bandidos a nos atazanar...".

Mas tudo muda, no caso de Isabella, por envolver pessoas de classe média. A primeira evidência disso é a presença dos advogados de defesa, inexistente quando se trata de gente humilde, configurando a velha máxima de que no Brasil só ficam presos os 3 Ps: preto, prostituta e pobre. Fosse Isabella uma menina da favela, os pais já estariam presos há muito tempo, dado a força dos depoimentos de testemunhas que frontalmente contradizem o que eles afirmam, ou estariam foragidos, sem que a polícia se importasse muito em prendê-los, ficando o caso por isso mesmo, como tantos outros.

E qual o papel da mídia neste caso? Atenderia ao interesse do público, informando sobre um assunto que mobiliza a todos, ou, pelo contrário, agiria em seu próprio interesse, transformando a tragédia em entretenimento e espetáculo, com isso vendendo mais "noticias"?

Caso Isabella Nardoni – Parte 3

(24/04/08)

Novamente volto ao caso Isabella Nardoni, desta vez tomando como ponto de partida a entrevista com os pais da menina, divulgada no último domingo pelo Fantástico.

A entrevista teve uma imensa audiência e provocou discussões. Provavelmente, ela em nada alterou a opinião pública. Os que acreditam na inocência do casal se condoeram ainda mais com seu suposto sofrimento, e os que pensam serem eles os assassinos ficaram mais indignados com a frieza, dissimulação e má-fé com a qual, a seu ver, se apresentaram, posando de vítimas.

Mas alguém seria ingênuo a ponto de pensar que o casal iria confessar o crime em público, ou era de se esperar que eles agissem exatamente como agiram, ou seja, alegando inocência até o último instante?

De qualquer forma, a entrevista levanta uma importante questão: qual é a importância da confissão de culpa num processo criminal? É de se esperar que os suspeitos pela autoria de um crime confessem sua culpa? Todos os que confessam a autoria de um crime são necessariamente culpados?

Por um lado, inocentes e criminosos vão igualmente alegar inocência. Por outro, não é incomum que, num crime de grande repercussão, apareçam pessoas desequilibradas emocionalmente que se apresentem como seus autores. É exatamente por não serem confiáveis as afirmações de culpa ou de inocência que a polícia tem de investigar e amealhar provas e testemunhos que forneçam as conclusões sobre a autoria de um crime, determinando as efetivas responsabilidades, discriminando os inocentes e culpados.

No caso de Isabella Nardoni, a se confiar no que tem aparecido na mídia, o testemunho dos vizinhos e as provas coletadas pela polícia contradizem frontalmente as afirmações de inocência proclamadas pelo casal.

É compreensível que os autores de um crime aleguem inocência. Se foram capazes de cometer um crime, serão igualmente capazes de mentir para escapar à necessária punição.

É mais difícil entender por que inocentes se apresentam à polícia, assumindo a autoria de um crime que não praticaram. A única explicação é a fornecida pela psicanálise. Ou seja, tais pessoas agem assim em função de uma culpa inconsciente que os leva a procurar uma punição que os alivie.

São Paulo na *Vanity Fair*

(29/04/08)

O último número da revista norte-americana *Vanity Fair* traz uma matéria sobre a violência em nossa cidade, São Paulo.

Está centrada nos episódios de maio do ano passado, quando o PCC fez sua espetacular demonstração de forças frente a um estado intimidado e perplexo. A análise do articulista americano continua pertinente, uma vez que as condições que fizeram florescer e fortificar grupos como o PCC em nada se alteraram. O articulista entende o ocorrido como um subproduto do capitalismo em fase de globalização, que cria situações potencialmente incontroláveis em países nos quais as instituições democráticas são frágeis, a cidadania ainda engatinha, o aparelho estatal é desestruturado e a corrupção corre solta.

Esta semana, os jornais noticiaram que a violência é hoje o maior problema do país, na opinião da maioria dos brasileiros, superando o desemprego.

De fato, vejo que este é um assunto inevitável em qualquer reunião social, e a atmosfera que delas se depreende é de descrença e desesperança de que a situação possa ser revertida em curto ou médio prazo.

Participando dessas conversas, muitas vezes me assusta esse estado de espírito, talvez até mais do que a violência social que nos preocupa a todos.

Dizem que a mulher de César não tem só de *ser* honesta, tem de *parecer* honesta.

A estrondosa maioria de nossos homens públicos não é honesta e aparenta exatamente isso, muitos exibindo despudoradamente o enriquecimento ilícito.

Esse clima de desesperança, descrença e desamparo que sinto em tantos lugares tem tudo a ver com isso. Os homens públicos ocupam, no imaginário popular, o lugar de figuras ideais, modelos de comportamento, figuras a serem imitadas. Se eles não dão um bom exemplo, isso se reflete em toda a sociedade.

Mas o que nos deixa um certo alento é saber que há as exceções de sempre. São aqueles que, apesar de estarem nas entranhas de Leviatã e sentindo de perto o cheiro da podridão, ainda assim resistem. Estou pensando em pessoas como os deputados Gabeira e Fruet, mas deve existir outros como eles.

Transposição do rio São Francisco

(29/04/08)

O bispo volta à greve contra a transposição do rio São Francisco. Como estamos lembrados, tempos atrás ele abandonou a greve ao receber a promessa de Lula de que não seria feita a transposição, promessa, como tantas outras feitas por ele, quebradas sem maiores explicações.

Penso que atitude do bispo conta com a simpatia de muita gente.

A transposição do rio é uma portentosa obra de engenharia que custará muito dinheiro aos cofres públicos, além de ter graves implicações geopolítico-sociais.

O problema é que estamos acostumados aos roubos e superfaturamentos nas obras públicas, escândalos sempre alardeados pela imprensa e cuja apuração judicial e policial vão sempre para as calendas. Por outro lado, há pouco vimos a maneira vergonhosa e irresponsável como as empreiteiras nacionais se comportaram no afundamento catastrófico ocorrido na construção do metrô de São Paulo. Se isso acontece no coração da mais importante cidade do país e o "competente inquérito" aguarda tranquilamente que o esquecimento de uma população bovina se configure totalmente, o que pensar do que pode ocorrer no longínquo sertão nordestino? Também temos visto a pusilanimidade das autoridades frente ao caos aéreo e ao descontrole das companhias de aviação. Frente a tudo isso, quem em sã consciência não fica imaginando as farras com o dinheiro público, a possibilidade da ocorrência de catástrofes ecológicas decorrentes de erros em obra tão grandiosa?

O bispo faz greve de fome. Se fôssemos um país mais civilizado, haveria movimentação nas ruas exigindo explicações e declarações minuciosas sobre tal projeto.

Será que o Brasil ainda tem jeito? Li ontem que, nos Estados Unidos, um senador custa 15 milhões de reais aos cofres públicos. Nossas excelências custam 33 milhões de reais para nos envergonharem sempre que saem da escura toca onde se escondem.

O inacreditável monstro austríaco

(30/04/08)

Como é de conhecimento e espanto de todos, um austríaco forjou o desaparecimento de uma filha, aprisionando-a por 24 anos em aposentos escavados no subsolo de sua casa. Nela engendrou incestuosamente 7 filhos, dos quais ele mesmo fez o parto. Desses 7 filhos incestuosos, 1 morreu ao nascer e foi por ele incinerado; 3 foram levados para sua casa, alegando para a esposa serem seus netos, abandonados pela filha na porta de sua casa. Os outros 3 nunca tinham visto a luz do dia até que um deles ficou gravemente doente e teve de ser levado para um hospital, quando toda a história foi descoberta. Como é tudo muito recente, é possível que outros aspectos dela ainda venham à tona.

A vida dupla desse homem, com uma família tida como normal na superfície e tendo no subsolo uma secreta família incestuosa, é tão grotesca que parece uma caricatura, uma concretização em termos espaciais de determinados conceitos psicanalíticos, como a repressão e os desejos incestuosos entre pais e filhos.

Num momento em que a psicanálise é considerada por alguns como fora de moda e a psicologia cognitiva é tida como a panaceia em vigor, este episódio vem mostrar a força e a verdade das descobertas freudianas sobre a dimensão inconsciente do psiquismo humano.

Da mesma forma, o episódio mostra como é difícil diagnosticar determinados casos de doença mental. Ninguém duvidaria do grave comprometimento mental deste homem e de sua mulher. No entanto, ninguém de suas relações suspeitava de qualquer coisa errada. É verdade que já se sabe que, muitos anos antes, o homem fora indiciado por ataque sexual a uma mulher. Mas, fora isso, tanto ele como a esposa eram tidos como respeitáveis membros da comunidade, ele exercendo a contento sua profissão de engenheiro elétrico e gerindo adequadamente outros negócios, ela cuidando dos netos com grande desvelo.

O caso evidencia não só a patologia individual do homem, mas a patologia de todo o grupo familiar. É difícil acreditar que tanto a mulher como os vários outros filhos adultos deste homem nada soubessem do que acontecia na casa. A cumplicidade, o medo, as identificações muitas vezes estabelecem um segredo compartilhado por todos os membros da família, o que faz com que, muitas vezes, a patologia familiar passe desapercebida pelas pessoas de fora.

Ronaldo e os travestis

(08/05/08)

Num mundo onde o culto às celebridades é um fato consumado, um dos itens que mais suscitam o interesse do público é o de suas vidas sexuais. Algumas dessas celebridades exibem seu comportamento sexual como um elemento a mais de prestígio. Ter uma heterossexualidade ativa e potente é algo muito valorizado. Outras agitam o fato de pertencerem às minorias sexuais como uma propositada transgressão, alimentando uma imagem rebelde e contestadora bem-aceita pelo mercado. Mas nem todos agem assim. Apesar de ter havido uma imensa mudança na moral sexual, permitindo uma maior tolerância com as minorias sexuais, a verdade é que elas ainda suscitam grande preconceito e rejeição. Por esse motivo, muitos escondem suas preferências divergentes, pois elas não coadunam com sua imagem pública. Recentemente, lemos nos jornais que Clark Gable, o grande galã de Hollywood, como tantos outros, era homossexual e sua imagem era rigorosamente protegida pelos estúdios, temerosos dos efeitos que tal informação poderia ter nas bilheterias do público feminino e, por que não, do masculino.

Tais ideias se impõem quando vem a público que Ronaldo foi flagrado escandalosamente com três travestis, comprometendo sua imagem num mundo machista e predominantemente homofóbico como o do futebol.

Não é difícil imaginar as consequências danosas para ele.

Para quem vê de fora, o fato gera perplexidade. Não deveria estar Ronaldo feliz com tudo o que conseguiu, não deveria estar lutando para mantê-lo? Como pode colocar tudo em risco? De onde vem este comportamento claramente autodestrutivo?

Na imaginação popular, os ricos e famosos são felizes, pois nada lhes falta. De fato, nada lhes falta do ponto de vista objetivo e concreto. Mas esquecemos que, em todos nós, há uma falta básica, inalienável e constituinte, decorrente do rompimento da relação fusional narcísica com a mãe. É a maneira pela qual lidamos com esta falta básica que jaz em nosso inconsciente, que vai decidir os rumos de nossa vida. É de lá que partem a angústia, a depressão, o medo, os sofrimentos mentais que transcendem completamente a realidade objetiva e que podem levar a comportamentos autodestrutivos da mais variada ordem, desde os mais leves e sem muita consequência até a mais radical autodestruição – o suicídio.

Antecedentes literários do monstro austríaco

(15/05/08)

O jornal *Times*, de Londres, em seu suplemento literário desta semana, traz um interessante artigo mostrando como Josef Fritzl, o austríaco que aprisionou a filha durante 24 anos, tem inúmeros antecedentes literários em seu país. Ou seja, antes de aparecer na realidade, Fritz foi antecedido por personagens de vários romances que agiram na ficção exatamente como ele. Tais romances eram largamente conhecidos na Áustria e abordavam os dramas familiares decorrentes de pais extremamente tirânicos que aprisionavam os filhos e maltratavam as mulheres, exercendo sobre eles um poder absoluto.

Os autores desses livros denunciavam o excessivo poder patriarcal que era fortemente amparado pela Igreja Católica, algo que seria uma característica própria da Áustria. Isso fazia com que os frequentes abusos praticados pelos pais contra seus filhos e consortes fossem sistematicamente minimizados e desconsiderados pelo poder público.

Esses romances denunciam os horrores que se escondem no interior de determinadas famílias e passam desapercebidos pela sociedade, na medida em que elas mantêm uma fachada de respeitabilidade e obediência às convenções sociais. Esta situação continua sendo muito atual, e não só na Áustria. Poderíamos dizer mesmo que é uma situação geral.

Curiosamente, esses romances foram escritos entre o final do século XIX e meados do século XX, coincidindo mais ou menos com o período de instalação e desenvolvimento da psicanálise. Isso levanta uma interrogação: teria Freud subestimado a realidade externa de pais abusivos ao atribuir as queixas de violências sexuais trazidas por suas pacientes a fantasias decorrentes do complexo de Édipo? Freud estaria interessado apenas na família introjetada no psiquismo de cada um, desprezando a família como realidade em si?

Essa é uma velha e recorrente questão, que diz respeito à complexa relação entre a realidade externa e o psiquismo, o mundo externo e o mundo interno descoberto pela psicanálise.

Se em determinados momentos pode parecer que Freud supervaloriza o mundo interno em detrimento do externo, é por ter ele descoberto o inconsciente, o que mudou radicalmente a concepção do psiquismo vigente até então.

De qualquer forma, não são poucos os analistas que hoje se dedicam ao estudo e ao tratamento das famílias, este lugar único e especial, onde todos aprendemos a amar e a odiar, e onde todos deveríamos aprender a nos submeter à lei simbólica, aquela que limita nosso narcisismo e onipotência originários, o que nem sempre acontece.

Videogames

(29/05/08)

O que pensar dos videogames? Muitos se assustam com a fascinação que eles exercem sobre os jovens, acusando-os de desenvolver dependência ou adição, de afastar os jogadores da realidade, de promover seu isolamento social e desenvolver habilidades inúteis, como uma grande acuidade de reflexos motores e visuais.

Susan Greenfield, uma neurocientista inglesa, levanta com muita propriedade várias questões sobre o efeito que os videogames podem ter sobre a identidade e a sociedade nos próximos cem anos. Ela enfatiza a diferença entre a experiência real, vivida, existencial, tida por todas as gerações anteriores, e a eventual predominância de vivências virtuais nas novas gerações acostumadas aos videogames. Teme que esta última possa provocar significativas mudanças no funcionamento da mente das gerações mais recentes, no sentido de terem elas menos empatia social, uma tendência a comportamentos de risco e uma posição menos contemplativa do que aquela se costuma achar desejável nas pessoas.

Outros pensam quase o oposto de Susan Greenfield. Mostram como os videogames desenvolvem um tipo de mentalidade para os novos tempos regidos pela lógica digital e como, em vez de promover um isolamento, possibilitam o congraçamento de muitas pessoas, na medida em que muitos dos jogos modernos implicam tarefas realizadas em conjunto, especialmente aqueles travados online, nos quais muitos podem participar. Além do mais, apontam a possibilidade do uso das técnicas de videogame para a educação, iniciando uma nova forma de ensino até então inexistente.

A verdade é que os videogames são uma nova mídia e, como tal, representam uma revolução no comportamento e no relacionamento humano. Não foi diferente quando apareceu a imprensa há cerca de 500 anos, o cinema e a música gravada há uns 100, os programas de rádio há 75 e a televisão há 50. Todos eles, a seu modo, introduziram significativas mudanças na sociedade. Os videogames têm apenas 30 anos e suas vendas têm batido todos os recordes. Uma publicação inglesa, dirigida ao mercado de softwares de entretenimento, diz que caso seja mantido o atual ritmo, em 2011 os videogames terão batido todos os seus rivais na área, referindo-se ao cinema, ao DVD, ao CD e aos livros.

Publicidade

(09/06/08)

Todos nós, ao vermos um anúncio de qualquer bem de consumo, com todas as promessas de beleza, felicidade e sucesso sexual, afetivo e profissional a que teríamos acesso com sua aquisição, sabemos que aquilo é um logro, um engano, uma mentira. Mas, lá no fundo, uma parte de nós tende a acreditar, *quer* acreditar. É justamente aquela parte que se rebela contra os impedimentos e as limitações que a realidade nos impõe e quer restaurar o narcisismo onipotente perdido em nosso desenvolvimento. Ao nos constituirmos como sujeitos, tivemos de abdicar da fantasia de fazermos uma totalidade com a mãe, tivemos de aceitar nossa incompletude e construir, a partir dela, nossa existência.

É por isso que a publicidade comercial funciona. Ela, com grande habilidade, maneja nossos mais regressivos desejos inconscientes.

Sob este aspecto, a psicanálise e a publicidade estão em campos rigorosamente opostos. A psicanálise nos confronta com a falta, a incompletude e a castração por saber que é somente a partir da abdicação do narcisismo e da onipotência que podemos crescer e viver plenamente. A publicidade faz o inverso. Alimenta a fantasia onipotente de completude narcísica pela aquisição de bens de consumo.

Mas o que acontece quando as pessoas compram o objeto de seu desejo? Elas ficam mais felizes, como promete a publicidade?

Claro que não. O que ocorre após a compra é que, passada a euforia da aquisição, o consumidor se depara com uma grande decepção. Ele constata então que o objeto que adquiriu não o preenche nem o deixa imune ao sofrimento, à dor e à angústia, elementos inalienáveis da condição humana.

Tal frustração pode descambar numa "depressão". As aspas vão por conta do excessivo uso deste diagnóstico por parte de leigos e profissionais da saúde, a ponto de torná-lo o atual *mal du siècle*. Essa "depressão" difere da efetiva depressão decorrente de perdas e dificuldades de elaborar o luto. Esta "depressão", tão difundida hoje em dia, decorre do penoso reencontro do consumidor com a realidade, que se mantém inalterada, ao contrário do que afirmavam as vãs promessas da publicidade.

A mulher do charuto

(12/06/08)

Como já disse algumas vezes aqui, vivemos no Brasil um momento político fascinante.

Vemos diariamente expostas as vísceras do poder, as incongruências entre seu discurso e sua prática, as negações absolutas dos fatos comprometedores, tratados sempre com grande leniência e maleabilidade pela lei.

Devemos isso à liberdade de imprensa, uma grande conquista depois dos anos de ditadura e que deve ser defendida a todo custo. Não é pouca coisa essa conquista, mas esperávamos mais. Esperávamos que a prática política brasileira, especialmente ao ser dirigida por políticos de esquerda, avançasse a grandes passos, levando o país a enfrentar seus crônicos problemas.

Os mandatos de Fernando Henrique e do governo do PT, liderado por Lula em seu segundo mandato, ilustram à perfeição o encontro com a realidade e o abandono definitivo das idealizações e fantasias.

A sucessão ininterrupta de escândalos, todos zelosamente abafados, mostra a perfeita continuidade da prática política usual do Brasil, ao contrário da tão desejada mudança. Os antigos donos de currais eleitorais continuam usufruindo do poder e ensinando suas técnicas aos comissários do partido.

Uma diferença entre os donos de currais eleitorais e a turma do PT é que nesta, tal como nos julgamentos de Moscou nos tempos do stalinismo, um bode expiatório se apresenta, assumindo a culpa quando não dá para ocultar inteiramente um escândalo. Lembremos o Valdomiro, o Delúbio e o Valério, todos assumindo impossíveis responsabilidades para salvar os chefões.

O assunto volta a se impor ao presenciarmos esta briga de cachorro grande entre Denise Abreu e Dilma Rousseff, quando a primeira diz que foi bode expiatório de complicadas situações.

Nós, pobres mortais, ficamos especulando o que está por trás de tudo isso. Além de uma possível *vendetta* pessoal de Denise, demonizada nos tempos da Anac com sua icônica foto fumando charuto numa festa, que mais estaria em jogo nesta guerra intestina, nestas intrigas palacianas das altas cúpulas do PT? Afinal, não dá para atribuir o atual escândalo aos suspeitos de sempre, aqueles que supostamente torcem para que tudo dê errado.

Com as barbas de molho, Lula usa a mesma tática de sempre. Diz que tudo não passa de um ataque à mãe do PAC, sua protegida, sua predileta, sua herdeira do trono, Dilma Rousseff. Como se tudo isso não tivesse nada a ver com ele nem com seu íntimo compadre, Roberto Teixeira.

Laboratórios farmacêuticos e diagnósticos psiquiátricos na infância

(19/06/08)

Nos últimos anos, a psiquiatria infantil sofreu grandes alterações. Novos critérios diagnósticos foram formulados, como os distúrbios de atenção e hiperatividade. E outros – já velhos conhecidos, mas só aplicáveis a paciente adultos – passaram a ser usados também para crianças e adolescentes, como o distúrbio bipolar, antes chamado de psicose maníaco-depressiva. Essa mudança nos critérios diagnósticos tem como consequência imediata a indução de tratamento medicamentoso adequado para os distúrbios então detectados. Tida por alguns como um grande avanço, essa transformação é por outros muito criticada, vista como um equívoco que leva a uma medicalização abusiva de crianças e adolescentes.

Como pano de fundo, fica o complicado relacionamento entre psiquiatras e indústrias farmacêuticas que financiam e subsidiam pesquisas e congressos médicos.

Essa candente questão recebeu combustível novo no início deste mês, nos Estados Unidos. Importantes psiquiatras de Harvard, nomeadamente o Dr. Joseph Biederman, foram denunciados por receberem financiamentos privados de laboratórios farmacêuticos fora dos protocolos estabelecidos pela instituição. Tal fato só veio à luz em função de uma investigação comandada pelo senado norte-americano.

Sendo Dr. Biederman o psiquiatra que mais lutou para que o diagnóstico de distúrbio bipolar fosse estendido também às crianças, este seu esforço fica claramente comprometido em função dos interesses comerciais que tal diagnóstico traz para os laboratórios dos quais secretamente recebia dinheiro. Ou seja, seu trabalho provocou diretamente o aumento de vendas de medicação para uma faixa da população que até então dela não fazia uso.

É claro que não se pode ser contra a medicação psiquiátrica nem demonizar os laboratórios farmacêuticos. Mas é necessário ficar atento para as ingerências eventuais e os conflitos de interesses nas pesquisas comandadas pelas instituições acadêmicas e financiadas pelos laboratórios. Até que ponto tais pesquisas seguem realmente os padrões científicos, até onde são enviesados para atender os interesses comerciais da indústria em detrimento da ciência e dos próprios pacientes?

Como psicanalista, não posso deixar de lamentar esta visão excessivamente biológica, que trata todos os distúrbios psíquicos como decorrentes de alterações neuroquímicas a serem corrigidas pela medicação. Com isso, perde-se toda a visão da dinâmica intrapsíquica, das relações interpessoais familiares, dos conflitos entre pais e filhos tão frequentes e de tanta importância na sintomatologia das crianças.

Quantas crianças diagnosticadas como "hiperativas" ou "desatentas" e pesadamente medicadas não estariam melhor se fosse dada mais atenção para os conflitos emocionais de sua família?

Sebald, um grande escritor

(27/06/08)

W. G. Sebald é um escritor de leitura obrigatória para todos que se interessam por literatura. Falecido precoce e recentemente num acidente de carro na Inglaterra, onde morava havia trinta anos exercendo uma carreira universitária, Sebald tem uma escrita muito peculiar, na qual mistura vários gêneros literários, intercalando o texto com fotos evocativas. Tem traduzidos aqui três livros – *Os anéis de Saturno* e *O emigrante*, pela Editora Record, e, mais recentemente, *Austerlitz*, pela Companhia das Letras.

Em *Austerlitz*, Sebald conta a história de um homem que paulatinamente recupera seu nome próprio e identidade ao descobrir-se como uma criança judia deportada para a Inglaterra muitos anos antes. Seguindo a mesma estrutura narrativa de seus outros livros, essa história serve como um fio condutor para as muitas divagações e ruminações do autor sobre uma infinidade de outros assuntos, todos muito interessantes e vários deles ligados à passagem do tempo, à criação de obras de arte, à produção cultural e às grandes questões existenciais.

Como pano de fundo em *Austerlitz* está o espanto com o fenômeno do nazismo e sua política de extermínio sistemático dos judeus. O assunto não é novo, mas é inesgotável, pois não há explicações lógicas para justificar aquela ideologia delirante e como foi ela acatada por todo o povo alemão. É um fenômeno que mostra o inconsciente agindo na formação das massas políticas, como Freud premonitoriamente apontou no livro *Psicologia dos Grupos e a Análise do Ego*.

De qualquer forma, o importante em *Austerlitz* é que o sofrimento do povo judeu, singularizado na pessoa do personagem principal, é exposto com toda sua crueza por um grande escritor alemão.

Ao ler *Austerlitz*, lembrei de Wilkomirski, o escritor que, há poucos anos, foi o pivô de um escândalo editorial. Ele escrevera uma autobiografia, na qual relatava suas terríveis experiências de criança aprisionada num campo de extermínio nazista. O livro recebeu grande acolhida, especialmente entre os judeus, até ser descoberto que o autor era austríaco e nunca passara por um campo de concentração, quando então foram autor e livro rejeitados e colocados em ostracismo.

Fico pensando se Wilkomirski e Sebald, pelo menos em *Austerlitz*, ao se identificarem com a vítima, não fazem, como escritores, o trabalho de luto por seu povo, assumindo sua culpa e sua vergonha, possibilitando, por meio da literatura, a representação do inominável e, com isso, ajudando a elaborar um trauma ainda muito doloroso.

Ficha suja dos políticos e *accountability*

(03/07/08)

Esta semana, recebi pela internet uma lista com a "ficha suja" de nossos homens públicos. E vejo que, nestes últimos dias, este tem sido um tema largamente debatido nos jornais, mostrando as idas e vindas das pressões políticas características que antecedem a implantação de qualquer modificação de monta nas regras do jogo eleitoral.

É compreensível que alguns temam as eventuais injustiças que disso possam decorrer. Frente a esta possibilidade, é claro que medidas preventivas e corretivas devem ser providenciadas. O que não se pode é usar isso como impedimento de algo que a todos parece extremamente salutar.

Se na vida comum, em muitas circunstâncias o cidadão precisa de uma "folha corrida" para mostrar seus bons antecedentes, por que essa exigência não é imposta àqueles que se arrogam a missão de serem os representantes do povo, os que vão ter acesso ao dinheiro público e decidir sobre as medidas que interessam diretamente a todos? Pela lógica, eles deveriam ser os primeiros a ter de mostrar uma ficha absolutamente limpa, provar que são merecedores da confiança que lhes é depositada.

A resistência em divulgar a lista decorre do fato de que nossos políticos e, por que não dizer, nossos eleitores estão ainda longe da chamada *accountability*, em voga há tanto tempo nas democracias do primeiro mundo.

Accountability é o conceito ético que faz com que o político tenha a obrigação de informar a seus eleitores sobre suas ações e decisões passadas e presentes (e, por ventura, seus planos futuros), justificá-las adequadamente e sofrer a punição devida em caso de eventual má conduta.

Muito diferente de nossas práticas políticas, quando, passado o período eleitoral, com suas promessas enganosas e irrealistas, o candidato se encastela nas estruturas do poder, esquece tudo o que prometeu e acha que não tem que dar satisfação a ninguém.

Assim, a abertura desta questão mostra um claro avanço dos mecanismos democráticos, uma evidência da conscientização maior do eleitorado, um crescimento da cidadania e da cobrança que se deve fazer daqueles que se encarregam da coisa pública.

Sob outro prisma, o fato de essa lista já estar circulando na internet dá mostras da extraordinária revolução das comunicações trazida pela rede, rompendo censuras e repressões, fazendo circular livremente a informação.

De minha parte, repassei a lista a todas as pessoas de quem tenho o e-mail. Caso você a receba, sugiro que faça o mesmo. É nossa pequena contribuição à causa da cidadania.

Cães e a cultura

(10/07/08)

No ocidente, os cães ganham prestígio cada vez maior. São não apenas animais de estimação, chegam a ser considerados membros da família, tratados quase como seres humanos.

Nada mais natural, portanto, que sejam usados, com sucesso e para os mais variados fins, na propaganda.

Mas não é o que está acontecendo em Dundee, uma cidade da Escócia. Anunciando um novo serviço de polícia, as autoridades locais distribuíram um cartaz no qual se vê um cão pastor alemão usando o quepe da polícia. Foi com perplexidade que receberam o protesto de negociantes muçulmanos. Eles se recusaram a divulgar o cartaz em seus estabelecimentos comerciais por considerá-lo ofensivo a seus costumes e preceitos religiosos. No islã, os cães são os maiores símbolos de impureza, de sujeira, de imundície. Consequentemente, não poderiam expor tal imagem em seus lugares de trabalho.

Efetivamente, para os muçulmanos, os cães só são tolerados como auxiliares na caça e no cuidado com o gado. Eles consideram pouco higiênico ter um cão em casa e têm como preceito lavar sete vezes a parte do corpo que por acaso entre em contato com este animal.

A comunidade muçulmana estabelecida em Dundee, por intermédio de seus líderes religiosos, exige um pedido de desculpas por parte das autoridades escocesas pelo cartaz ofensivo, e há um debate público se elas devem ou não as pedir. Afinal, o Reino Unido se orgulha de ser um dos lugares cujos habitantes mais amam os cães.

Essa curiosa situação evidencia a diversidade cultural.

Um cão é um cão. Para nós, ocidentais, ele simboliza e representa a amizade, a companhia e a lealdade. Para os muçulmanos, ele representa e simboliza a impureza e a imundície.

Uma boa prova de que vivemos num mundo simbólico e que esses símbolos podem ou não ser compartilhados com os habitantes de outras regiões do planeta.

Vê-se que não é possível dizer o que é certo ou errado nesta situação. Frente a representações simbólicas tão radicalmente distantes e opostas, como estabelecer uma ponte de tolerância e aceitação mútuas? Esse é um trabalho que cada vez mais se fará necessário num mundo globalizado, no qual as diferenças não podem ser negadas.

Para complicar a situação, lembro que no Nordeste e em várias outras regiões do Brasil, uma das formas de mencionar o demônio, o satã, o príncipe das trevas é justamente como o Cão...

Não desistir de ler jornais

(17/07/08)

Esta semana, mais uma vez somos afrontados com os escândalos políticos e as inconsistentes explicações oficiais, que só evidenciam o intuito de abafá-los.

Mais uma vez, o cidadão medianamente informado sente-se invadido por uma sensação de impotência, pela descrença generalizada nos políticos e nas instituições por eles ocupadas e que deveriam servir ao interesse público.

Como em tantos outros episódios semelhantes, ouço as pessoas dizerem que não toleram mais ler os jornais ou ver os noticiários na televisão. Elas se sentem fisicamente mal ao se indignarem e não terem canais para expressar sua repulsa, a não ser nas próximas eleições.

Mas mesmo essas não lhes parecem trazer muita esperança. Dado o atraso de nossa realidade social, grande parte da população brasileira encontra-se ainda muito distante dos conhecimentos de seus direitos, contentando-se com migalhas protecionistas que lhe garantem pelo menos a subsistência imediata. E ninguém pode censurá-la por isso.

Se censura deve ser feita, seria dirigida, mais uma vez, aos poderosos que não têm interesse na educação e no esclarecimento da população, pois isso, evidentemente, colocaria em risco seus privilégios.

Mas que fazer para combater esse sentimento de desânimo e descrença? Esse nem querer mais saber de tanta corrupção e impunidade? A primeira coisa é tentar analisar tal sentimento.

O bom senso – e nisso a psicanálise o acompanha – diz que a realidade não pode ser negada. Por pior que ela seja, devemos estar preparados para lidar com ela. Não devemos fazer como os psicóticos, que por não a tolerarem, dela se afastam e criam um delírio que a substitui.

Por mais duro que seja, temos que ver que esta é a realidade política de nosso país, esta é a qualidade de nossos homens públicos. E é justamente a partir dessa constrangedora constatação que devemos agir se queremos mudar essa realidade. Devemos continuar seguindo com máxima atenção o jogo político. Para tanto, é essencial o trabalho da imprensa.

Então, ao invés de nos recusarmos a ler jornais ou ver noticiários na televisão, penso que deveríamos fazer exatamente o contrário. Mais do que nunca, devemos ficar bem-informados e deixar que, dentro da cidadania e da legalidade, a indignação encontre os canais competentes para se expressar.

Retorno da religião

(31/07/08)

Em 1995, Jacques Derrida – o grande filósofo francês falecido há poucos anos – participou de um simpósio, junto com vários outros pensadores europeus, para discutir o chamado "retorno da religião".

O "retorno da religião" foi uma surpresa inesperada num mundo que parecia ser cada vez mais secularizado. E a "religião" que voltava era especialmente evidente nos imigrantes muçulmanos que acorriam em levas para a Europa bem como na proliferação no mundo ocidental dos programas de televisão com pastores fundamentalistas, a fazerem milagres a toda hora. Essa questão tomou outra dimensão a partir do 11 de setembro, com o atentado terrorista às torres gêmeas de Nova Iorque.

Derrida, como era de se esperar, abordou o tema por meio do procedimento por ele criado e que o deixou mundialmente famoso, a desconstrução.

Dessa desconstrução, muito ampla e complexa para seguirmos aqui, pinço um aspecto que considero importante. Derrida mostra que, neste suposto "retorno do religioso", não existe nem "retorno", pois o acontecimento não tem precedentes na história, nem "religioso", pelo menos no sentido comum do termo.

Derrida mostra que aquilo que é chamado de "retorno do religioso", na verdade, é a expressão de um conflito cultural de grande envergadura, trazido pelas novas tecnologias de comunicação, como a televisão e a internet, fatores decisivos na globalização. Elas formam grandes redes transnacionais, transestatais, promovendo um desenraizamento, um deslocamento, um descentramento, uma esquematização universalizante, colocando em risco as identidades dos povos, ameaçando diretamente os microclimas culturais, políticos e religiosos. Embora esses povos fiquem fascinados por esses meios de comunicação, a eles opõem uma reação que pode assumir uma intensidade violenta, fazendo-os reforçar todos os elementos que os ligam a suas identidades, como o apego ao lugar de origem, ao sangue, à família, à língua, ao país, aos costumes mais arcaicos e, evidentemente, à religião.

A religião pareceria então a salvação para este grande mal que acomete a humanidade, trazido pela globalização e suas grandes redes de comunicação.

As tensões que motivaram o simpósio de 1995 e o atentado de 2001 continuam ativas. Vê-se que atribuir uma conotação estritamente religiosa – no sentido do trato com o divino – a essas manifestações é um grande equívoco. Semelhante àquele que fazia acreditar nas guerras ditas "religiosas", que se acumularam no correr da história e que traziam escondidas na motivação supostamente religiosa uma infinidade de interesses políticos e econômicos.

Psicanálise ontem e hoje

(07/08/08)

Em que a clínica psicanalítica de hoje difere daquela dos tempos de Freud?

A pergunta é pertinente, pois, no decorrer destes cem anos desde a descoberta do inconsciente, ocorreram – evidentemente – grandes mudanças nos comportamentos sociais, muitas delas desencadeadas pela própria psicanálise. Por exemplo, a atitude da sociedade frente à sexualidade.

Na clínica de Freud predominavam os quadros neuróticos, decorrentes da grande repressão imposta por uma ainda poderosa figura paterna, típica do patriarcalismo vigente.

A clínica psicanalítica de hoje se depara com questões mais ligadas ao narcisismo e à identidade.

As mudanças sociais se refletem num certo enfraquecimento da figura paterna, fazendo com que a ruptura da relação narcísica primária com a mãe não ocorra adequadamente. Isso permite a permanência de ligações fusionais, que se refletem em atitudes ligadas à adição, à dependência indiscriminada, à onipotência, à negação dos limites. O narcisismo encontra um aliado muito forte no apelo ao consumo, veiculado pela publicidade comercial. Esta, por sua vez, fica potencializada imensamente ao ser veiculada pela mídia eletrônica, que tem um extraordinário poder de ditar modelos de comportamento. Ilusoriamente, a publicidade alimenta o narcisismo do sujeito, prometendo-lhe suprir todas as falhas, realizar todos os desejos. Vemos, então, pessoas que compram os objetos de consumo convictas de que, com isso, vão remediar todas as suas feridas narcísicas. O que termina, é claro, por não acontecer, gerando grandes frustrações e alimentando as chamadas "depressões", tão disseminadas atualmente.

Quanto à identidade, temos as grandes mudanças ligadas às questões de gênero. A revolução feminista, que liberou a mulher, e o movimento político dos homossexuais, juntamente com os avanços da tecnociência médica, possibilitaram uma até então impensável abertura para novas manifestações da identidade de gênero, como os transexuais, por exemplo.

Outra forma de dizer tudo isso seria lembrar que, nos tempos de Freud, o imperativo superegoico era "não goze", cujo corolário era a grande repressão da sexualidade. Hoje, o imperativo categórico do superego é o oposto, é o "goze". Se nos tempos de Freud uma moça era discriminada por ter perdido a virgindade, hoje essa mesma moça é discriminada por não a ter perdido.

As esquisitices de João Gilberto

(14/08/08)

Aqui no Terceiro Mundo, tudo o que criamos parece estar fadado a ser uma cópia ou diluição dos modelos impostos de fora, esmagados que somos pela produção cultural do Primeiro Mundo. Mas há uma exceção, o que, aliás, confirma a regra. Trata-se da Bossa Nova.

Ao inventar uma nova maneira de cantar e um novo ritmo, ao dar um fraseado novo a velhas canções, ao aproximar o samba do jazz, João Gilberto criou uma manifestação artística que talvez seja a única contribuição genuinamente original que a cultura brasileira conseguiu impor num mundo globalizado.

Por isso, temos todos uma dívida impagável com João Gilberto.

Com os festejos do cinquentenário da Bossa Nova, organizam-se exposições, relançamentos de gravações, grandes shows com nossos artistas mais representativos. E o próprio João Gilberto sai de sua reclusão voluntária para se apresentar ao vivo, alimentando o já extenso folclore que o envolve e que o pinta com tintas exóticas, salientando o caráter um tanto excêntrico de seus comportamentos.

Num momento em que prevalece a cultura da celebridade, onde todos disputam ferozmente espaço na mídia, sua atitude fica ainda mais dissonante. João Gilberto se enclausura e seus raros momentos de exposição pública acontecem em meio a uma grande tensão. Nunca é uma ocasião na qual se celebra a alegria de um encontro. É sempre uma angustiada expectativa, teme-se sempre que possa ocorrer o pior, que seja um desencontro frustrado, impossível, doloroso.

Não consigo achar graça nas esquisitices de João Gilberto. Para mim, elas assumem um caráter trágico e enigmático, e me pergunto de que foge João Gilberto. Por que se esconde e se isola? Por que se priva de receber plenamente o reconhecimento de todos? Por que não usufrui mais da fama e do prestigio que merecidamente conquistou? Estaria assustado com a grandeza de seus feitos? Seria pesado demais o troféu que arrebatou?

Vejo que, desta vez, João Gilberto, quebrando seu usual isolamento, usou dos jornais para reencontrar e convidar antigos amigos dos quais estava há muito afastado. Seria uma alteração neste regime tão severo que se impõe? Estaria sendo mais condescendente consigo mesmo e se permitindo o conforto que somente a amizade pode proporcionar?

Faço votos que sim e aproveito a oportunidade para enviar-lhe meus agradecimentos por tudo que tem feito.

Horário eleitoral

(21/08/08)

Começou o horário eleitoral e voltamos a ser confrontados com um espetáculo que muitas vezes se aproxima do constrangimento e da irritação.

Veteranos e novatos, a maioria dos políticos faz as afirmações e promessas mais inverossímeis. Eles querem o voto do eleitor e, para obtê-lo, adotam a antiga tática da sedução. O que importa ao sedutor é conseguir seus objetivos. Para tanto, ele mente, desrespeita e manipula o outro.

Assim fazem muitos políticos. Querem os votos e, para consegui-lo, dizem aquilo que o eleitor quer ouvir. As pesquisas de opinião pública são um poderoso instrumento na mão dos políticos, pois lhes fornecem uma imagem muito próxima daquilo que efetivamente os eleitores desejam, orientando as promessas que irão fazer em seus comícios e aparições públicas.

Os eleitores deveriam ser alertados para as técnicas de sedução usadas pelos políticos e se disporem a cobrar posteriormente tudo aquilo que lhes foi prometido.

Mas este ano parece haver uma significativa mudança na propaganda da Justiça Eleitoral. Pela primeira vez, ouço uma clara e explícita condenação da compra de votos por parte dos políticos, junto com pertinentes conselhos para que os eleitores não vendam seus votos, explicando as consequências daninhas de tal gesto.

No Brasil profundo, em função dos currais eleitorais, a compra e venda de votos é rotineira a ponto de ser, provavelmente, considerada uma prática legítima por parte dos eleitores menos informados.

Desta forma, ao romper um silêncio que poderia ser confundido com cumplicidade, a propaganda da Justiça Eleitoral educa as populações mais carentes, ensinando-lhes a importância democrática do voto, dando com isso uma importante contribuição para o avanço da cidadania em nosso país.

Chiste e horário eleitoral

(28/08/08)

Recebi pela internet um chiste fantástico.

Como Freud nos ensinou, todo chiste decorre de um interessante jogo linguístico, no qual se manipula o universo de significações que se abriga no interior de qualquer palavra, fazendo-a dizer algo inesperado e surpreendente, que provoca quase sempre o riso.

No chiste, estão presentes funcionamentos psíquicos semelhantes aos que são características do inconsciente. O chiste consegue driblar a censura e dizer aquilo que habitualmente não nos permitiríamos dizer, que ficaria reprimido em respeito às normas da convivência social.

Afinal, para vivermos em sociedade, temos de engolir muitos sapos, impedir o livre fluxo da agressividade e do desejo sexual, conter nossa impulsividade, mantê-la dentro dos limites impostos pela boa educação, respeitando as leis para não incorrer em suas severas punições. É um preço alto, mas compensador. Assim não incomodamos o próximo e não somos por ele incomodados.

Mas essa necessária contenção nos provoca um permanente estado de tensão, e é justamente essa tensão que é aliviada pelo chiste e por sua prima carnal, a piada. O chiste e a piada são, com frequência, politicamente incorretos, exatamente por expressarem coisas agressivas e sexuais consideradas socialmente inconvenientes.

O chiste e a piada pressupõem a inteligência do interlocutor, que deve imediatamente compreender o jogo dos significantes e seus variados sentidos. Por isso, não é de bom tom explicá-los. Não só eles imediatamente perdem a graça, como aquele para quem se dá a explicação sente que sua própria inteligência está sendo menosprezada.

O chiste que recebi pela internet sintetiza o que tantos de nós sentimos frente ao processo eleitoral. Dizia ele: "O horário político é o único momento em que os ladrões ficam em cadeia nacional."

Não vou explicá-lo, mas não posso deixar de cumprimentar seu anônimo autor pelo excelente trocadilho.

Confissões e torturas

(04/09/08)

Esta semana, foram liberados três jovens que passaram dois anos presos por terem confessado o assassinato de uma moça em Guarulhos. Apesar de terem dito muitas vezes para as autoridades que haviam confessado o crime por terem sido torturados, apenas a confissão explícita e detalhada do verdadeiro assassino, um psicopata que matara várias outras pessoas, fez com que eles fossem finalmente ouvidos.

Esse terrível incidente joga luz, mais uma vez, sobre o uso da tortura nas investigações policiais corriqueiras.

Tal uso é impensável em qualquer país rico e civilizado. Eles contam com uma polícia mais bem preparada, que não precisa apelar para a violência física contra os suspeitos a fim de conseguir as provas que os incriminem. Eles usam métodos racionais e científicos em suas investigações. Além do mais, naqueles países, a população tem um outro nível de informação política, um maior conhecimento de seus direitos constitucionais. É claro que abusos e distorções necessariamente devem ocorrer, mas são a exceção, nunca a regra. O contrário ocorre em nosso país: temos ainda uma polícia pouco preparada e uma larga parcela da população marginalizada, ignorante de seus direitos civis. Enfim, mais uma vez, nos deparamos com efeitos das disparidades econômicas vigentes em nossa sociedade, que levam aos diferentes modos com que o Estado trata os ricos e os pobres.

Ao lado da tortura contra os presos pobres, lemos nos jornais que, neste momento, apesar de já terem cumprido suas penas, 9 mil pessoas continuam aprisionadas por todo o país, e 133 mil aguardam julgamento em prisão preventiva.

Todos esses fatos apontam para a magnitude e profundidade dos problemas a serem enfrentados pelo judiciário, pela polícia, pelo sistema carcerário.

Frente a tudo isso, qual é a importância da intensa discussão, que seguimos recentemente pela imprensa, a respeito do uso ou não de algemas por determinados cidadãos ao serem presos? Seria essa uma questão relevante? Ou sua relevância reside no fato de ser ela um exemplo perfeito das distorções que acabamos de mencionar?

Crise financeira nos Estados Unidos

(25/09/08)

Dada sua grande importância, o manejo do dinheiro deveria ser regido com a maior objetividade, obedecendo a rígidos princípios racionais. Deveríamos gastá-lo apenas em situações específicas bem justificadas dentro da realidade, reservando uma significativa parte dele para a formação de uma poupança que nos ampare nos dias incertos que o futuro nos reserva.

Por acaso agimos assim? Claro que não.

Mas não é só no manejo do dinheiro que agimos longe dos critérios racionais e objetivos. Na verdade, agimos assim em relação a toda e qualquer coisa, pois nossa razão e objetividade são contrabalançados pelo desejo inconsciente, pelo sonho, pela fantasia, pela afetividade, pelo amor, pelo ódio, pelo medo, pela inveja. Na maioria das vezes, nossa razão se submete a esses fatores, o que explica a profunda irracionalidade, a loucura de tantos comportamentos humanos.

No que diz respeito à economia, gastamos nosso dinheiro muito menos em função de necessidades reais e objetivas do que em tentar realizar nossas fantasias a nosso próprio respeito.

A psicanálise mostra a relação do dinheiro e da propriedade privada com a posse do objeto amado, com as fantasias de restauração do narcisismo perdido e o exercício da onipotência infantil.

Essas considerações me ocorrem ao ver o atual tumulto na economia norte-americana e que provavelmente se espraiará para outras plagas.

Afinal, se cada um de nós age com o próprio dinheiro de forma pouco racional e objetiva, o mesmo parece ocorrer com aqueles que lidam com as grandes finanças, quer sejam as do Estado, quer sejam as privadas. O dinheiro do Estado é objeto de grande rapacidade por parte daqueles que deveriam protegê-lo e que na realidade inventam formas de dilapidá-lo. O capital privado é presa da mesma rapacidade, procurando criar regularmente situações especulativas que lhe proporcionem ganhos maiores.

A possibilidade de jogo e especulação no sistema financeiro teve sua primeira manifestação na chamada "mania das tulipas", que quebrou o mercado e colocou em risco todo o sistema de crédito de Amsterdam no século XVII. Teria havido alguma efetiva mudança no sistema desde então, ou ele continua exposto aos mesmos riscos de sempre?

Será que desta vez serão propostos mecanismos que contenham os perigos decorrentes das motivações inconscientes infantis no manejo do dinheiro?

Sarah Palin

(02/10/08)

No momento, nosso período eleitoral coincide com o dos Estados Unidos, o que facilita algumas reflexões. É comum pensar que a ignorância da grande maioria de nosso eleitorado o deixa especialmente vulnerável às seduções enganosas de tantos de nossos candidatos. Mas eis que surge nos Estados Unidos uma Sarah Palin, cujo primarismo e evidente despreparo em nada diferem de nossos piores candidatos. Era de se supor que a população norte-americana, menos ignorante que a nossa, fizesse escolhas mais adequadas.

Isso mostra como o comportamento do eleitor transcende as motivações racionais e se submete a fatores inconscientes.

Dois desses fatores são mais evidentes.

O primeiro decorre de uma posição infantilizada do eleitorado, que coloca o candidato no lugar do pai e, a partir daí, se comporta como um filho obediente e submisso, que jamais questiona o poder paterno.

O segundo faz com que o eleitorado eleja aquele candidato que vê como um irmão, com o qual se sente no mesmo nível. Num mundo cada vez mais complexo, o homem comum se sente perdido e confuso, sem entender os mecanismos que regem a política e a economia. Os candidatos que se apresentam ou de fato são tão despreparados e simplistas como o homem comum imediatamente ganham a simpatia desse tipo de eleitor.

Ao contrário do caso anterior, no qual o eleitorado expressa o desejo infantil de que o candidato seja um pai que tudo sabe, neste segundo tipo de escolha o eleitorado não tolera – ele mesmo – sua própria ignorância e escolhe um candidato cujo discurso reduz a complexidade a termos simples com os quais se sente familiar. Neste caso, o sentimento inconsciente que rege o eleitorado é a inveja pelo conhecimento maior do candidato mais bem preparado, que involuntariamente o deixa inferiorizado.

É uma forma de entender a popularidade de uma Sara Palin e seus inúmeros similares nacionais.

Talvez o candidato verdadeiramente populista conjugue esses dois fatores, assumindo simultaneamente o papel de pai e de irmão do eleitor. Por um lado, como um pai, do alto de sua sabedoria, promete proteção e segurança; por outro, como um irmão, se nivela com o discurso do não saber mantido pelo homem comum.

Bernard-Henri Lévy e Michel Houllebecque

(09/10/08)

Esta semana, foi lançado em Paris um livro que promete ser a sensação da temporada. Trata-se de *Inimigos Públicos,* a publicação da correspondência trocada entre Bernard-Henri Lévy e Michel Houllebecque, escrita de janeiro a julho deste ano.

Bernard-Henri Lévy é um *nouveau philosophe,* presença constante na mídia francesa. Houllebecque é o mais recente *enfant terrible* da literatura francesa, romancista premiado e que tem gerado polêmica ao abordar cruamente assuntos que se afastam do politicamente correto.

O que une esses dois homens é o fato de se considerarem acuados e desrespeitados pelos meios de comunicação. Cansaram de ser sacos de pancada. "Que a França deixe de vomitar sobre nós, deixe de nos cuspir", dizem eles. Embora este seja o tema principal, o livro aborda outros tópicos pessoais e temas mais amplos, como a própria literatura.

Na verdade, *Inimigos Públicos* deve trazer mais lenha para a fogueira midiática que envolve permanentemente esses dois controvertidos senhores. Houllebecque, ainda este ano, estava no centro de uma briga pública e amarga com a própria mãe. Ela lançara um livro autobiográfico para se defender das acusações que Houllebecque fizera contra ela em seu livro *As partículas elementares.* Ali, ele a descreve como uma mulher egoísta, que o abandonara na casa dos avós para manter uma vida nômade e regida pela droga.

Bernard-Henry Lévy, por sua vez, é tido por muitos como uma fraude, um *poseur* que se faz passar por filosofo e intelectual, posição que consegue manter em função dos muitos milhões dos quais é possuidor. Além de multimilionário, é casado com uma linda mulher, atriz e cantora, com quem aparece assiduamente nas revistas de celebridades.

O livro foi lançado com uma tiragem de 150 mil exemplares, número expressivo para a França, o que mostra que a editora Flammarion tem a expectativa de que ele seja um grande best-seller, daqueles vendidos em supermercados.

Marta Suplicy e Kassab, candidatos

(16/10/08)

Foi praticamente unânime a reprovação da propaganda política em que Marta Suplicy não só invadia a privacidade de Kassab, mas, no pior estilo preconceituoso, insinuava-lhe uma suposta homossexualidade.

Ao constatar a reprovação, que faz Marta? Concretamente, retira a propaganda do ar. Mas tal reconhecimento não é admitido em seu discurso. Nele, longe de reconhecer qualquer erro e por ele pedir desculpas, como lhe foi cobrado por várias pessoas nos jornais, Marta diz que de nada sabia. Isenta-se de qualquer responsabilidade, atribuindo-a, se for este o caso, a seus marqueteiros. Passo seguinte, Marta assume a posição de vítima. Passa a se dizer "indignada" com o que estão fazendo com ela. Não fora ela e seus marqueteiros quem invadiram a privacidade de Kassab e lhe fizeram insinuações maldosas. Foi a imprensa que tendenciosamente distorceu tudo, com o intuito de prejudicá-la.

Por mais decepcionante e contraditória que seja tal atitude de Marta frente a seu passado e às convicções que sempre defendeu, seu comportamento mostra estar ela bem sintonizada com as práticas da política, a começar pela de seu principal mentor, o presidente Lula. Ao ser confrontado com os desmandos de seu governo, Lula sempre se diz inocente. Ele de nada sabe. Os culpados são os outros. E mesmo assim, segundo Lula, eles nunca cometem ações criminosas. Eles são, no máximo, uns "aloprados", uns trapalhões que metem os pés pelas mãos, mas sempre com a maior pureza e a melhor das intenções.

Marta e Lula não são diferentes da grande maioria dos políticos. Com as honrosas exceções de praxe, os políticos parecem viver numa realidade distante daquela partilhada pelo comum dos mortais, na qual vigora uma ética também muito específica. Nela, os critérios de falso e verdadeiro, de mentira e verdade não têm consistência firme, não têm realidade própria. São usados ao sabor das circunstâncias e se submetem a um pragmatismo cru e brutal que visa atingir determinados objetivos. Os fins justificam os meios. Para tanto, o político não hesita em manipular fatos e pessoas, é capaz de estabelecer as mais esdrúxulas alianças com aqueles que até há pouco eram seus inimigos figadais.

Se este é um comportamento habitual da grande maioria dos políticos, a única arma que nos resta como eleitores é nunca esquecer o que deveria ser o óbvio – que eles são meros depositários de um poder que lhes delegamos e ativamente devemos fazer com que nos prestem contas dessa incumbência.

Nudez no palco

(23/10/08)

Em manifesto lido no palco e logo divulgado pela mídia, o ator Pedro Cardoso provocou uma polêmica ao se queixar do uso excessivo do nu, imposto aos atores por diretores e produtores de televisão e teatro. A seu ver, isso, além de constranger os atores, provoca uma indevida divulgação da pornografia em larga escala no país.

Suas declarações foram criticadas como "moralistas" por alguns atores. Outros atribuíram suas acusações ao fato de estar ele enamorado por uma atriz assediada para posar nua em seu trabalho.

Pedro Cardoso coloca em pauta uma antiga questão que diz respeito à diferença entre pornografia e arte.

A pornografia usa o nu e as cenas de sexo com a finalidade única e explícita de provocar a excitação sexual. O interesse que a pornografia exerce sobre todos se evidencia na fabulosa massa de dólares que a indústria pornográfica movimenta anualmente, indicadora da dimensão de seu mercado consumidor.

Em termos ideais, nas produções não pornográficas, a nudez e as cenas de sexo não deveriam ser usadas apenas para excitar sexualmente o espectador. Elas deveriam ter critérios estéticos e dramáticos, justificados pelo enredo ou pela composição dos personagens.

Mas não é o que acontece. Na imensa maioria de filmes, peças de teatro e propagandas comerciais, os apelos eróticos, explícitos ou não, estão sempre presentes, constituindo-se num ingrediente importante, senão imprescindível do espetáculo.

É por isso que Pedro Cardoso diz que quando está nu, a nudez é sempre sua, não do personagem. Com isso, denuncia a gratuidade de tais cenas do ponto de vista dramático. Nelas, a nudez tem uma função pornográfica, e não dramática.

É verdade que o uso do sexo e da nudez, quer seja na pornografia ou na arte, mostra a inesgotável força da sexualidade e a importância que ela tem para todos nós.

Mas não se pode negar o direito de Pedro Cardoso denunciar as pressões sofridas para exibir sua nudez, ou de sua namorada. Assim como não se pode negar o direito dos atores pornográficos de exibi-la, se o fazem por livre espontânea vontade.

Bienal

(31/10/08)

Domingo passado foi aberta a Bienal de São Paulo, marcada pela decisão de seu curador de deixar vazio um dos andares do prédio de Niemeyer, como forma de provocar uma reflexão sobre o sistema das bienais.

Embora alguns digam que essa foi apenas uma forma elegante de lidar com o problema da falta de verbas, a situação estabelecida põe em evidência, mais uma vez, a complexa relação da arte com seus protetores, seus mecenas, seus comerciantes, seus divulgadores, suas instituições tutelares.

Sempre houve uma tensão entre a liberdade do artista, sua disruptiva capacidade de criação e as instituições oficiais que abrigam sua produção, como os museus.

No correr da história, sempre houve artistas que receberam pleno reconhecimento ainda em vida, enquanto outros – em função do novo que produziam — amargaram um longo ostracismo antes de vencerem as barreiras conservadoras da crítica estabelecida. Van Gogh é o exemplo sempre inevitavelmente lembrado.

Hoje em dia, parece acontecer o contrário. Não existe mais uma crítica conservadora, que zele excessivamente pelos valores estabelecidos. Pelo contrário. Ela sai à cata das novidades, dos novos transgressores, disposta a canonizar facilmente gênios desconhecidos que aparentemente pululam por toda parte. É quase como se a cada nova temporada aparecesse um novo Leonardo, um novo Michelangelo.

Fator determinante nesse quadro é o atual comportamento do mercado de arte. Se ele existe há muito tempo, ultimamente age como a indústria produtora de bens de consumo ou como a bolsa de valores, criando novos produtos a serem consumidos, novos artistas geniais, cujas obras devem ser vendidas a preços espantosos. Isso enche o bolso de uma longa cadeia de intermediários com o dinheiro fácil dos novos ricos da globalização, manipulados por espertos assessores culturais. Dizendo com outras palavras, a arte é rebaixada a objeto de consumo e os museus passam a ser vistos como um meio de entretenimento das massas.

Um exemplo real dessas distorções é uma obra do italiano Piero Manzoni intitulada "Merda de artista". São 90 latas industrialmente fabricadas, contendo a referida merda produzida por Manzoni. Uma delas foi vendida para a respeitável Tate Gallery de Londres por 22.300 libras em 2002. O que é mais curioso é que o artista sugere que a lata seja exposta ao sol, para que os processos fermentativos próprios da merda prossigam, levando a uma futura explosão da lata, espalhando assim o conteúdo ao seu redor, numa espécie de *happening* final.

Neste contexto, como entender a pichação de um grupo de jovens, que invadiu o tal pavilhão vazio da bienal, enchendo-o com seus grafites? É sabido que o mesmo grupo havia pichado antes uma faculdade de Belas Artes e invadira uma exposição de pintura, protestando contra a mercantilização desavergonhada da arte.

Seguramente, um gesto que se esperaria de artistas rebeldes e românticos. Mas que não deixa de ter semelhança com o gesto daquele menino que candidamente disse que o rei estava nu.

Barack Obama eleito

(06/11/08)

Indiscutivelmente, a grande notícia da semana é a eleição de Barack Obama como presidente dos Estados Unidos.

Aquilo que ficou talvez não escamoteado, mas também nunca colocado em primeiro plano durante toda a campanha, agora é apregoado de alto e bom som: um negro chega à Casa Branca.

É difícil não se emocionar com a forte carga simbólica implicada nisso.

Depois de tantos anos de um racismo que impôs violenta segregação até tão recentemente, ao ungir Obama como presidente, o povo americano realiza um ato de reparação àqueles que, por tantos anos, estiveram impedidos de exercer seus direitos civis.

Por se constituir numa vitória de grande envergadura sobre o preconceito, é algo a ser comemorado por todos nós, americanos e não americanos.

A eleição de Obama é um daqueles momentos auspiciosos em que se sente a história sendo feita e se abrindo para novos tempos. Mais ainda, que esta é uma abertura positiva, evidenciando um avanço, um franco progresso. Numa ocasião privilegiada como esta, fica também patente que o ser humano pode melhorar, pode sair da ignorância, pode corrigir seus erros.

Deve-se a isso a alegria que contagia grande parte do povo americano e que se espraia pelo mundo. Temos todos a percepção de que a eleição de Obama se constitui numa ruptura da compulsão à repetição, uma quebra do retorno do mesmo, que tanto empobrece, enrijece e esvazia a vida pública e privada.

Sentimos todos que está em andamento a emergência de algo novo e inusitado, que abre as portas para inéditos horizontes.

Sabemos que a euforia dos primeiros momentos deverá ceder espaço para o defrontar-se com imensos problemas, e que a dura realidade talvez venha a frustrar as esperanças depositadas em Barack Obama.

Ainda assim, devemos preservar este momento mágico, de mudança, de esperança, de satisfação por uma inquestionável vitória, na qual foi acesa mais uma luz contra as persistentes trevas dos preconceitos.

Vergonha de ser brasileiro

(27/11/08)

Recentemente, quando houve aquele sequestro em Sto. André, no qual a polícia orientou uma jovem a voltar e se entregar ao sequestrador, um especialista brasileiro em segurança residente nos Estados Unidos, em entrevista à televisão, expressando o que qualquer pessoa com dois neurônios concluiria, disse que o fato demonstrava, por parte da polícia, um completo desconhecimento de procedimentos básicos a serem seguidos em situações semelhantes, o que o deixava constrangido e com vergonha de ser brasileiro.

Esta semana, o promotor Thales Schoedl, que matou o jovem Diego Mendes Modanez, foi inocentado por unanimidade por 23 desembargadores no Tribunal de Justiça. Ao saber da notícia, a mãe do assassinado disse ter vergonha de ser brasileira.

A vergonha também me acossa ao ver as imagens do estado de Santa. Catarina inundado mais uma vez. Elas mostram como as situações catastróficas decorrem não só de contingências naturais, mas também da desorganização e corrupção do Estado brasileiro, da baixa qualidade de nossos administradores, da irresponsabilidade com a qual a coisa pública é tocada. Vendo as imagens, constatamos como é precário e improvisado o socorro às vítimas, como a própria abordagem do estado de calamidade pública mostra a falta de infraestrutura e planejamento.

Me envergonho antecipadamente quando penso em qual vai ser o destino dessa dinheirama que o governo federal vai soltar em cima da catástrofe. Ele me lembra do dinheiro que durante anos foi mandado para o Nordeste com a finalidade de resolver os problemas da seca e que com o qual os políticos nada fizeram além de alimentar a chamada indústria da seca.

Indústria da seca, indústria de enchentes.

Josias de Souza, recentemente em sua coluna, falava da fusão Oi-Telemar e Brasil Telecom como a transação mais inescrupulosa dos últimos tempos, feita à luz do dia, como o pleno beneplácito da sociedade. Que os políticos e o governo nada façam contra, até se entende, pois afinal, neste caso, são eles mesmo os que promovem a desordem e a ilegalidade. Mas a sociedade não teria instituições independentes que pudessem se opor a tais anomalias? Que elas não se manifestem é um outro motivo que muito me envergonha.

Até quando vamos nos envergonhar de ser brasileiros? Até quando vamos reclamar ao bispo? Até quando nos envergonharão nossos homens públicos?

Jornalistas ou humoristas?

(08/12/08)

A imprensa, durante muito tempo, foi sinônimo de jornalismo, e este, sinônimo de informação. Informação, por sua vez, diz respeito a dados sobre determinado aspecto da realidade que interessa a uma comunidade – como política, esportes, fatos do dia a dia, entretenimentos etc.

É verdade que o interesse pela vida alheia sempre foi um traço presente e até dominante nas relações pessoais e sociais. A fofoca, o disse-que-disse, os boatos, os mexericos, a maledicência sempre circularam entre as pessoas, dando vazão, na maioria das vezes, a sentimentos como inveja e ciúmes que as naturais diferenças existentes entre as pessoas terminam por despertar nos menos aquinhoados pela natureza. Os que têm menos, dificilmente se conformam com esse fato, terminando por expressar seu ódio frente àqueles que têm mais, considerando a diferença de dons como resultado de uma injustiça, nunca como decorrente de puro acaso ou sorte, ou de uma capacidade ou um talento maior do que os deles próprios.

Na imprensa, esse interesse pela vida alheia era atendido pelas colunas ditas "sociais". Se, durante muito tempo, esse tipo de jornalismo era considerado frívolo e contido no espaço dessas colunas, nas últimas décadas, ele tomou fôlego e perdeu qualquer pudor, extrapolando o espaço no qual antes era confinado, ocupando agora revistas inteiras, programas inteiros de televisão.

O chamado "jornalismo de celebridades", normalmente ligado a pessoas pertencentes ao setor de entretenimento, aproxima a figura do jornalista com esse meio, podendo gerar uma figura hibrida, que é o comediante jornalista ou jornalista comediante.

Essa figura híbrida tem, na televisão de hoje, dois interessantes programas: o Pânico e o CQC.

Os participantes desses programas ocupam um privilegiado lugar que lhes permite usar e abusar das prerrogativas de ambas as funções – de jornalista e de comediante. Como jornalistas, podem se aproximar de quem quer que seja, propondo entrevistas. Como comediantes, fazem as perguntas mais cabeludas, que os jornalistas sérios não se atreveriam a fazer, pois, como humoristas, poderão sempre argumentar que estavam "brincando", fazendo piada, que a coisa toda não era pra valer.

Vendo tais programas, constatamos a fascinação que a mídia televisiva exerce sobre todos, pois vemos como a imensa maioria das pessoas se submete a situações altamente vexatórias, humilhantes e agressivas por parte desses híbridos de atores, jornalistas e comediantes, apenas para aparecerem na televisão.

Por outro lado, frente à fatuidade e ao vazio de muitas dessas ditas "celebridades", o que é mais constrangedor, a reverência deslumbrada e babaca de uma revista como *Caras* ou o deboche desrespeitoso e gozador de um Pânico ou CQC?

De minha parte, prefiro a gozação e o deboche.

Psiquiatria a serviço do poder

(11/12/08)

Esta semana lemos nos jornais que os dissidentes políticos na China estão sendo internados em hospitais psiquiátricos. Mais uma vez, a psiquiatria é usada por regimes ditatoriais para calar os opositores, taxando-os de doentes mentais.

É claro que os psiquiatras chineses deveriam negar-se a fazer tal serviço sujo e completamente antiético. Se não o fazem, devem ter suas razões. Provavelmente eles sabem o preço que pagariam se ousassem discordar das autoridades e denunciassem o arbítrio. É fácil criticá-los vivendo longe de suas circunstâncias. Por isso, é melhor nos abstermos de julgamentos apressados.

De qualquer forma, ao se submeterem ao poder ditatorial, os psiquiatras chineses endossam uma farsa perversa, na qual os valores em jogo ficam completamente invertidos. Se no caso tivéssemos de diagnosticar como "doente mental" algumas das partes do conflito, seguramente não seriam os dissidentes, com suas bem fundamentadas queixas contra injustiças e arbitrariedades, e sim os poderosos, que de forma arrogante não toleram críticas e oposições, procurando eliminar quem as faz.

Esse desejo de eliminar os opositores, que vemos de forma explícita e concreta nos regimes totalitários, não seria algo muito mais generalizado do que gostaríamos de reconhecer? Nos embates políticos democráticos, não se procura também eliminar os opositores? Mesmo nas nossas relações pessoais, não é verdade que queremos impor nosso ponto de vista e nos irritamos profundamente com aqueles que dele discordam?

Sim, é verdade que há algo em comum nessas situações tão divergentes. Trata-se da onipotência narcísica, um traço arcaico de nosso psiquismo, comum a todos e que se manifesta tanto individual como socialmente. Mas há diferenças radicais no manejo dessa onipotência. Nos regimes totalitários, ela é diretamente concretizada, segue livre curso, sem nenhuma censura. Nos regimes democráticos e nas relações pessoais, ela é forçada a se submeter à lei.

É sempre um duro golpe para nosso narcisismo ter de aceitar críticas e censuras, ter de reconhecer impedimentos à realização de nossos planos e desejos. É com grande dificuldade que terminamos por aceitá-los e nos curvamos ao princípio da realidade.

Já os poderosos dos regimes totalitários dão rédea solta a sua onipotência narcísica, podendo causar com isso grandes desastres sociais.

A encíclica *Dignitas Personae* e questões éticas

(17/12/08)

Na última semana, o Vaticano lançou um documento intitulado *Dignitas Personae*, ou seja, "Da dignidade da pessoa", abordando muitos dos controvertidos itens que a tecnologia médica tem possibilitado nos últimos anos. Nesse documento, a Igreja proíbe a fertilização *in vitro*, a clonagem humana, as provas genéticas em embriões antes da implantação, a pesquisa com células-tronco, a pílula do dia seguinte, o dispositivo intrauterino (DIU) e a pílula RU-486. Age assim por acreditar que tais procedimentos violem a sacralidade da vida humana e que os bebês devam ser concebidos exclusivamente por meio do ato sexual de um casal unido pelo matrimônio.

A proibição da pesquisa com células-tronco se restringe a células derivadas de embriões, liberando-as quando procedentes de adultos, do sangue de cordão umbilical e de fetos que morreram de causas naturais. O Vaticano proíbe, ainda, o congelamento de embriões, sendo que só nos Estados Unidos há mais de 400 mil embriões congelados.

Os especialistas dizem não haver grandes novidades nesse documento, mas ele poderia surpreender muitos católicos que ainda ignoravam a proibição da Igreja quanto à inseminação *in vitro*, que é largamente praticada.

O avanço da tecnociência médica tem criado possibilidades antes impensáveis e que levantam novos problemas morais, éticos e religiosos.

A postura do Vaticano exposta nesse documento permite uma reflexão sobre a diferença entre os valores éticos e as crenças religiosas. Muitas vezes, tais valores são confundidos e se superpõem, o que proporciona equívocos e preconceitos. Por causa disso, muitas vezes, quando uma pessoa se declara ateia ou agnóstica, corre o sério risco de ser considerada como alguém amoral ou antiético.

Esse documento do Vaticano permite que se veja claramente a diferença entre os valores éticos e religiosos, uma vez que aqui eles são divergentes. Por exemplo, Barack Obama se comprometeu a suspender todas as restrições federais impostas pela administração Bush às pesquisas com células-tronco embrionárias. Ou seja, Obama pretende permitir um procedimento proibido pelo Vaticano, e se Obama o faz, é por considerá-lo perfeitamente ético. O mesmo ocorre com a inseminação *in vitro*, o uso de preservativos e tantas outras práticas consagradas pelo senso comum e indicadas pela medicina e pela ética, e que a religião católica teimosamente continua a proibir.

Mas não precisamos nos preocupar muito com o efeito retrógrado de tais proibições. Afinal, elas são praticamente ignoradas e desobedecidas pela grande maioria de católicos.

Presentes de Natal

(17/12/08)

Mais uma vez se aproxima o Natal. De diferente este ano, a ausência de alguns entes queridos, que foram comemorar a data diretamente com o aniversariante enquanto permanecemos aqui tristonhos com sua falta, mas tendo de tocar a vida. Se eles se foram, nós continuamos aqui e temos de procurar presentes para nossos amigos secretos ou não, para os outros entes queridos que, para nossa alegria e conforto, permanecem conosco. De quebra, a perplexidade de ver mais um ano que se vai já cedendo o lugar para o que vem chegando.

Mas não podemos nos dar ao luxo de ficar perplexos por muito tempo. Temos de correr e ir atrás dos tais presentes, enfrentando os engarrafamentos de carros e gentes em ruas e lojas alegremente congestionadas. Por onde ando, não vejo ainda sinais da crise que, dizem, nos espera na esquina, ao sair do shopping. Todos parecem fazer força para acreditar que ela não passará de uma marolinha, como disse nosso sábio presidente.

A escolha de presentes nunca é coisa muito fácil. Temos de vencer a tendência de comprar algo cuja posse nos daria prazer, sem lembrar que ele pode não se dar com aquele para quem o presente está destinado. Temos de nos colocar na pele do futuro presenteado e imaginar o que lhe agradaria. Nunca me sinto seguro nessa operação. Durante anos, dei de presente de aniversário para um amigo o último disco de Marina, cantora que me encantava, como ainda hoje o faz. Ele sempre agradecia e nunca me passou pela cabeça que ele pudesse não gostar da cantora. Pois foi o que ele me confessou, tempos depois, entre caipirinhas. Ele odiava Marina.

É bem mais fácil dar dinheiro, mas pode parecer indelicado, impessoal, até mesmo grosseiro. Ainda assim, os mais jovens adoram, se livram de presentes constrangedores e vão gastar a grana como bem quiserem. Os mais velhos, não. Nem pensar em dar dinheiro. Aí temos de suar a camisa e procurar pra valer.

Livros são sempre minha primeira opção de presente para a maioria dos amigos. Eles, como eu, gostam de literatura, seguem os lançamentos e a oferta na época de Natal é grande. É com prazer que vejo não estar sozinho nesta condição. A Cultura, a Fnac, a Martins Fontes, que são as minhas livrarias preferidas, estão lotadas.

Uma variante dessa possibilidade são os DVDs e CDs, também encontráveis facilmente nas livrarias, muito embora as tentações da pirataria e de acessar músicas pela internet estejam tornando obsoletos tais produtos.

Festividades do final do ano

(25/12/08)

Difícil ficar incólume ao frenesi das comemorações do fim do ano.

A rotina costumeira é abandonada e somos tomados pela urgente obrigação de expressar nossa afetividade e comemorar a vida. Dedicamo-nos com grande empenho às compras de Natal, às listas de presentes, às decorações das festas, às confraternizações, às viagens. De certa forma, neste momento a boa vontade tende a prevalecer nas relações entre as pessoas. Ficamos mais amistosos e carinhosos, mais propensos a perdoar, a relevar, a sermos mais compreensivos e tolerantes com as limitações e dificuldades dos outros.

A questão que se coloca é: por que não podemos manter esse espírito durante todo o ano? Por que tem ele de ficar restrito ao Natal e Ano Novo?

Pois a verdade é que, passados os festejos natalinos e a entrada do Ano Novo, voltamos para nosso comportamento habitual. Somos engolfados em nossas ocupações costumeiras e logo percebemos que estamos de novo revestidos com a velha e grossa camada que nos afasta de um contato mais caloroso com os demais. Ela nos proporciona uma couraça, uma armadura que nos protege da ameaça latente trazida por qualquer proximidade maior com o outro. Estamos de volta à luta pela sobrevivência, e suas batalhas podem ser muito ásperas.

Ao falar das dificuldades que temos em nossas relações com os demais, Freud nos comparava ao porco-espinho. Somos seres gregários, precisamos da presença e do contato próximo com os demais para nos aquecermos afetivamente, para nos protegermos contra as intempéries e adversidades. Mas, ao nos aproximarmos uns dos outros, nos acontece algo semelhante ao que ocorre com os porcos-espinhos. Não é possível chegar perto demais, pois os espinhos – nossos e dos outros – podem causar danos. É necessário manter uma cautelosa distância para evitar estragos.

Será por isso que o espírito natalino tem de ficar circunscrito a um período delimitado, sem poder se estender pelo ano inteiro? Será que a proximidade maior por ele proporcionada logo faria sentir a presença de espinhos e nos lembraria que é mais prudente guardar uma distância mais confortável e segura?

Se assim for, só nos resta nos empenharmos para que um dia a humanidade saiba lidar melhor com seus espinhos, tornando possível que o espírito natalino seja não a exceção, e sim a regra nos relacionamentos pessoais. Poderíamos então usufruir da proximidade com o outro sem tanto medo.

Na passagem do ano

(25/12/2008)

Neste período do ano, temos uma visão peculiar do tempo. Claramente separados, de um lado fica o passado, o já vivido, que se esfuma e desaparece com o ano que finda; do outro, o futuro, que chega com o Ano Novo. O presente fica menos decisivo, pois flutuamos num vácuo entre passado e futuro.

Essa clara delimitação do tempo nos afasta da vivência mais comum que dele temos. Na maioria das vezes, vivemos num clima existencial no qual constatamos que o passado na verdade não está morto, continua vivo e se mistura indiscriminadamente com o presente, contaminando e determinando o futuro. Um dos fatores que sustentam essa situação é a atemporalidade do inconsciente, que, ao estabelecer uma compulsão à repetição, dificulta ou impossibilita a emergência do novo e do inusitado.

Assim, a clara divisão entre passado e futuro que se instala nesta época do ano nos tira da confusão temporal na qual estamos habitualmente imersos e nos dá alegria, fazendo com que a chegada do Ano Novo seja vista como o momento de mudanças e novidades, dando-nos uma vontade de renovação, de criar novas oportunidades, de fazer o inusitado.

A esperança que emerge no Ano Novo decorre da crença de que o futuro pode trazer o novo e o diferente, que ele não se submeterá ao passado, que o velho e o já vivido não impedirão a chegada do novo.

Mas é preciso manter um equilíbrio. À vontade de mudanças se contrapõe a necessidade de permanência. O passado não pode ser negado nem esquecido, pois nele estão as memórias e registros que nos dão o próprio substrato de nossa identidade, de nossa vida. Deve, portanto, ser mantido. Mas ele precisa abrir espaço para as novas experiências e ter flexibilidade para se moldar permanentemente ao fluxo incessante do tempo.

Como seria bom se pudéssemos mudar sempre sem perder a identidade. Seria uma forma de manter e ampliar a esperança experimentada do Ano Novo.

Sebald e o conflito entre palestinos e israelenses

(08/01/2009)

Mais uma vez explode o conflito entre palestinos e israelenses. É impossível apoiar qualquer das partes. Se é inadmissível o massacre que Israel impõe à faixa de Gaza, da mesma forma é inaceitável a posição do Hamas com seu ininterrupto bombardeio. A convivência pacífica dos dois povos é a única solução possível, embora ainda de difícil consecução.

Esses fatos me chegam numa ocasião muito específica, imerso que estou na leitura dos livros de Sebald, o grande escritor alemão falecido recentemente num acidente de carro na Inglaterra.

Embora a expresse de forma indireta e oblíqua, pode-se dizer que um dos temas centrais de Sebald é a elaboração da culpa alemã frente aos judeus. E o faz sem a escamotear um momento – Sebald vai além e faz uma grande meditação sobre o mal, sobre a violência e a destrutividade, visitando as paisagens devastadas pela loucura humana no correr da história.

A questão da elaboração da culpa, tão central na obra de Sebald, tem especial relevância para mim neste momento por pensar que um dos fatores desencadeadores dos impasses entre judeus e palestinos reside na impossibilidade que europeus e norte-americanos mostraram de assumir a culpa frente à cumplicidade ou omissão nos crimes nazistas contra os judeus, resultando dessa impossibilidade uma reparação falha.

Com um deslocamento radical, europeus e norte-americanos projetaram a culpa e a necessidade de reparação para outros que nada tinham a ver com o problema imediato a ser reparado, o povo palestino.

A criação do Estado de Israel, que atendia a anseios sionistas de parte da comunidade judaica, teria sido a melhor forma de reparação dos crimes contra os judeus? Não deveriam os europeus ter assumido de forma mais cabal a culpa por seus crimes, punindo os responsáveis e devolvendo os bens que saquearam dos judeus? Não seria este um aspecto da questão que continua a ser sistematicamente reprimido e negado?

Tais colocações podem parecer bizantinas frente à situação de fato, que é a irreversibilidade do Estado de Israel e que todas as soluções a serem pensadas devem partir desse pressuposto. Mas, como ensina a psicanálise, é importante sabermos as origens dos problemas para melhor resolvê-los, bem como estarmos atentos aos mecanismos inconscientes que nos regem pessoal e grupalmente.

Desemprego e autoestima

(22/01/09)

Apesar do exagerado otimismo oficial, o ano de 2009 começa com o fantasma da crise econômica gerando o temor do desemprego.

Numa situação de desemprego, que pode colocar em jogo sua subsistência, o trabalhador tem de enfrentar um outro problema – a insegurança interna, pessoal, íntima.

O emprego, a profissão, a função exercida, além de prover a subsistência, é um forte componente da identidade de cada um. Quando alguém pensa sobre si mesmo, usa como referências sua história, suas crenças, seu lugar, sua idade, seu sexo, sua profissão. A perda de qualquer um desses elementos provoca um abalo no senso de identidade, gerando angústia e depressão.

Por isso, o desemprego faz com que a autoconfiança, o amor-próprio e a autoimagem fiquem abalados, podendo facilmente desencadear um quadro depressivo. Ou seja, no momento em que o trabalhador mais precisa ter forças para lutar contra as adversidades da situação, com menos recursos internos ele pode contar, pois se sente diminuído e inferiorizado.

Aqueles mais bem situados na pirâmide social, e consequentemente mais bem-informados, poderão fazer uso de recursos médicos e psicológicos para superar tais dificuldades. Mas o que pensar daqueles que estão na margem, que estão em franca exclusão ou à beira dela?

A verdade é que a crise e o desemprego dela decorrente vêm apenas agudizar problemas sociais mais profundos, que, em sua cronicidade, muitas vezes até deixamos de ver. Ainda há pouco, em plena Brigadeiro Luís Antônio, a um quarteirão da Paulista, um homem bêbado apontava para o que parecia um amontoado de gente deitada sob um cobertor, dizendo que a mulher estava doente, precisando de cuidados médicos.

Frente à violência socioeconômica que atinge tais pessoas, como falar em conceitos como autoestima, autoimagem e autoconfiança?

Roger Abdelmassih e suas práticas

(29/01/09)

O caso escandaloso do médico Roger Abdelmassih, especialista em reprodução assistida, está em todos os jornais.

Por um lado, acusações formais de assédio sexual por parte de mais de 60 mulheres.

Do outro, a defesa do médico, que apela para supostos efeitos oníricos e eróticos de um determinado anestésico sobre suas pacientes, que teriam suas vivências exploradas dentro de uma campanha caluniosa articulada por desafetos que, por motivos obscuros, tentam destruí-lo.

Que pensar numa situação como essa?

Seria possível que um médico de grande sucesso profissional se expusesse ao risco de destruir sua própria carreira, deixando-se levar por desejos sexuais descontrolados? Sim, seria possível. As condutas impulsivas e irracionais decorrentes de desejos inconscientes, a culpa e a necessidade de punição podem levar uma pessoa a agir dessa forma autodestrutiva. O exemplo mais cabal disso foi o recente caso do até então respeitado pediatra Chipkevitch, que abusava de adolescentes anestesiados. Isso foi descoberto pelos filmes que ele mesmo fazia durante suas práticas sexuais e que, sintomaticamente, ele mesmo abandonou em via pública, permitindo que seus crimes se tornassem de conhecimento geral.

Seria possível que, numa espécie de histeria coletiva, mulheres acusassem um homem de assédio sexual? Ou, ainda, que pessoas invejosas forjassem maliciosamente um plano calcado em calúnias ou manipulassem a histeria coletiva dessas mulheres para destruir a honra de um desafeto?

Teoricamente sim, embora concretamente, neste caso, pareça muito pouco provável.

Os desejos sexuais e agressivos, o ódio e a inveja podem nos levar a fazer coisas inacreditáveis.

Tanto as acusações das pacientes como a defesa do médico podem ser verdadeiras. Por isso mesmo, o cuidado na condução do caso é fundamental para que não se cometam maiores injustiças e se reparem os danos já ocorridos.

Direito de morrer – 2

(05/02/09)

Esta semana na Itália, mais uma batalha foi vencida na luta pela legalização da eutanásia.

A família de Eluana Englaro, uma mulher de 38 anos que está em estado vegetativo desde 1992, finalmente conseguiu a autorização da Justiça italiana para suspender os suprimentos que a mantêm viva.

Como era de se esperar, o fato tem causado controvérsia. A igreja católica se opõe à decisão judicial, considerando-a "um assassinato monstruoso e desumano", segundo as palavras do cardeal Barragán, do Conselho Pontifício para a Saúde.

O caso de Eluana Englaro lembra o de Terri Schiavo, uma americana que viveu seus últimos 15 anos em coma profundo, até conseguir autorização para morrer depois de uma longa batalha legal.

São muito importantes essas decisões das cortes norte-americana e italiana.

Elas mostram um claro avanço no trato da eutanásia, longe de preconceitos e radicalizações.

A Declaração dos Direitos Humanos foi estabelecida na ONU em 1948. É claro que estamos muito longe da aplicação universal desses direitos, mas ela determina metas ideais a serem atingidas pelas sociedades democráticas, nas quais a consciência da cidadania deverá se ampliar cada vez mais.

A eutanásia, num futuro que espero não muito distante, seguramente será mais um item da Declaração dos Direitos Humanos. O direito de morrer quando a vida é mantida artificialmente, gerando situações desumanas, produtoras de grande sofrimento para o próprio paciente e sua família.

O castelo do corregedor

(12/02/09)

Os pais têm a missão de educar seus filhos. Essa educação, quando bem-sucedida, possibilita que as crianças cresçam, superem sua natural dependência infantil e se transformem em adultos capazes de uma vida autônoma. Mas há pais que, por motivos conscientes ou inconscientes, não estimulam o crescimento dos filhos, fazendo com que permaneçam para sempre dependentes.

O Estado, por sua vez, tem obrigação de fornecer educação a seus cidadãos. Os cidadãos educados entram na posse de conhecimentos e possibilidades de pensar, o que os tornam mais críticos à propaganda política e aos atos das autoridades que os governam.

Mas, tal como nas famílias há pais que não favorecem a autonomia dos filhos, há Estados que não querem que seus cidadãos pensem e ajam de maneira crítica frente à forma como são governados.

Vista sob esse prisma, fica clara a dimensão política da educação pública. Ela decorre da forma pela qual o Estado se organiza, visando garantir os direitos de seu povo, resolvendo os problemas atuais e planejando o futuro.

E aí está o grande problema. Com as honrosas exceções de sempre, o Estado brasileiro continua ocupado por uma elite irresponsável e desonesta, distante dos grandes problemas nacionais e cuja maior preocupação – a crer no fluxo incessante de notícias sobre seus desmandos – é o saque ao tesouro público.

Ainda estes dias, vimos o congresso escolher cuidadosamente a raposa que protegeria o galinheiro, projeto abortado pela imprensa, que mostrou a todos o castelo do corregedor eleito para nada corrigir.

Fatos como este, comuns e corriqueiros aqui no Brasil, são impensáveis em países onde o povo tem uma consciência e uma informação maior, decorrentes de uma melhor educação, o que o habilita a cobrar de forma mais consistente de seus políticos aquilo que lhe é devido.

Enchentes

(19/03/09)

Nas últimas décadas, houve uma generalizada conscientização sobre a necessidade de preservação dos recursos naturais do planeta e, entre eles de especial relevância, a água.

As preocupações com a ecologia se impuseram como algo incontornável quando se pensa no futuro da Terra e na própria sobrevivência da humanidade.

É verdade que esta conscientização não se impôs com facilidade. Teve e continua tendo de enfrentar a forte resistência dos poderosos grupos econômicos que impõem suas agendas aos Estados. Uma boa ilustração disso foi o governo Bush, que sistematicamente se negava a reconhecer o efeito estufa e o aquecimento global.

A chegada de Obama ao poder tende a reverter o quadro, afastando o fantasma de um planeta esgotado de suas riquezas naturais e hostil à continuidade da vida.

A redobrada atenção frente à natureza proporcionada pela ecologia nos faz ver seus fenômenos positivos e negativos, ou seja, a natureza como fonte de recursos imprescindíveis à vida e como desencadeadora de catástrofes naturais, com terríveis consequências em termos de destruição e morte.

São Paulo é sujeita periodicamente a enchentes, como a que vimos esta semana e que trouxe, como sempre, grandes transtornos para os moradores da cidade, sendo que muitos deles tudo perdem nessas ocasiões.

Essas enchentes periódicas de São Paulo deveriam ser encaradas como desastres naturais, provenientes das forças indomadas da natureza, contra as quais pouco ou nada se pode fazer, ou são decorrentes da incúria, do descaso e da incompetência do poder público?

Sobre o consumo

(09/04/09)

O consumista adquire produtos não pela necessidade objetiva, mas por submissão à propaganda.

Para vender o supérfluo, a propaganda cria falsas necessidades ao inventar mitologias que levam o comprador a crer que, com a aquisição de objetos de determinadas marcas ou serviços específicos, ingressaria numa elite de grande status e prestígio social. A alta visibilidade desses produtos possibilita o reconhecimento de seus consumidores, que se identificam entre si, fortalecendo a fantasia de formarem um grupo privilegiado.

Os produtores dos objetos de consumo e os responsáveis pela propaganda, de posse de conhecimentos sobre o funcionamento do psiquismo inconsciente, sabem que o desejo do consumidor jamais se satisfaz, pois ele busca um objeto impossível de ser alcançado.

Eles contam com isso ao criarem, de forma ininterrupta, novos produtos que o comprador adquire na ilusão de finalmente encontrar aquele que vai satisfazer de uma vez por todas seu desejo.

Por outro lado, a obsolescência planejada por parte dos produtores faz com que os objetos se tornem imprestáveis, forçando uma compra, agora sim, necessária. Os produtores atrelam seus produtos ao regime da moda, que muda incessantemente. Assim, mesmo quando o objeto é resistente e tem durabilidade, o consumidor o rejeita e compra um outro mais novo. Ele não pode parecer "fora de moda", pois isso, a seu ver, colocaria em risco seu prestígio social e sua permanência naquele grupo supostamente privilegiado ao qual acredita pertencer.

Vê-se que o consumo se apoia nesse formidável aparato de produção e propaganda, um dos pilares da economia capitalista.

Se isso nos atinge a todos indiscriminadamente, nas personalidades mais frágeis e inseguras o efeito é particularmente danoso.

A tais pessoas, falta uma identidade estável e forte, o que as faz buscar modelos identificatórios e lugares de inclusão que lhes forneçam a ansiada proteção.

Por isso, elas levam ao pé da letra o que lhes promete a propaganda e ingressam num consumo compulsivo, muitas vezes lhes provocando endividamentos que os arruínam financeiramente. Tal situação, é claro, só pode agravar suas dificuldades psíquicas, tornando necessários os cuidados psiquiátricos e psicoterápicos.

O que pensar sobre o sexo casual?

(16/04/09)

Muito se fala sobre os efeitos da liberdade sexual e as relações entre homens e mulheres nas grandes metrópoles ocidentais em tempos pós-modernos.

Não são poucos os que acreditam haver uma maior leveza e superficialidade nas relações, como se as dores do amor fossem coisa do passado.

Hoje em dia, pensam tais pessoas, homens e mulheres se relacionariam amorosamente sem maiores consequências, sem sofrimento. Como prova de seu argumento, citam a prática do sexo casual.

Não se pode negar que o sexo casual decorre da liberdade sexual e da liberação da mulher, possibilitando o usufruir dos prazeres sexuais sem as pressões sociais vigentes até há bem pouco tempo.

Entretanto, é preciso reconhecer que o sexo casual satisfaz basicamente ao narcisismo de cada um dos envolvidos. É como uma masturbação a dois, o que pode ser conveniente e apropriado em determinadas situações, mas não tem nada a ver com um relacionamento amoroso propriamente dito. Este implica uma superação do narcisismo, a construção de um vínculo afetivo, a temeridade de lançar-se no voo cego de uma entrega confiante no outro, sem nada a garantir o sucesso da empreitada.

Se observarmos bem, veremos que a pós-modernidade, com sua liberdade sexual, sua ausência de entraves religiosos e preconceitos sociais, não fez caducar as dores de amor, os supostamente "antigos" conceitos de traição ou desilusão amorosa. Elas estarão sempre presentes, pois quando se ama, é impossível não temer os riscos da perda e os sofrimentos dela decorrentes.

Mas é verdade que a pós-modernidade facilita as defesas contra os sofrimentos inerentes ao amor, como mostra a aceitação do sexo casual, tão compatível com o *ethos* narcisista que impregna atualmente toda a cultura.

100 dias do governo Obama

(22/04/09)

Não é tão novo, deve ter mais ou menos um ano, mas só o vi recentemente. Refiro-me ao vídeo no YouTube no qual aparece Obama, ainda candidato, dançando com a comediante Ellen DeGeneres ao chegar para ser entrevistado no programa dela.

É algo realmente gostoso de ver, seu carisma, sua simplicidade, seu jogo de cintura, a ausência de pompa e circunstância, de empáfia e hipocrisia – que são os costumeiros e explícitos acompanhantes dos poderosos.

Nestes seus 100 dias de governo, ele já fez mais do que eu poderia esperar, realizando as promessas do tempo de campanha, quando sua retórica e metáforas indicavam uma concepção de mundo bem diferente da de Bush.

Ir diretamente aos países árabes, procurando acabar com a mitologia do "eixo do mal" e ver os muçulmanos com outro olhar.

Recusar a tortura, seja lá o nome que pretenda escondê-la ou as explicações que a justifiquem. Abdicar da tortura por escolha ética, por saber que ela pode trazer benefícios imediatos, pois é eficiente enquanto forma de obter informações, mas que, a longo prazo, corrompe os ideais cuja defesa estaria justificando seu uso.

Reconhecer a importância do CO_2 no aquecimento global.

Lembrar que os Estados Unidos são também a pátria dos ateus e agnósticos.

Liberar as pesquisas com a célula-tronco.

Reafirmar que o ensino deva ser baseado na ciência, e não na religião, afastando as imposturas do tipo "desenho inteligente" (*intelligent design*) e do criacionismo.

Enfrentar com o máximo de transparência a grande crise financeira.

Fechar Guantánamo e outras prisões secretas da CIA espalhadas pelo mundo.

Admitir que os Estados Unidos consomem muita droga, que são corresponsáveis pelo tráfico na fronteira com o México.

Ter um blog na internet.

Pra mim, já é muito. Eram mudanças impensáveis há bem pouco tempo.

Torço por Obama e espero continuar a vê-lo dançando nos palcos do mundo.

Considerações sobre o Dia do Trabalho

(29/04/09)

"Comerás o pão com o suor de teu rosto", disse Deus ao expulsar Adão e Eva do Paraíso.

Desde então, o trabalho nos parece uma maldição, um castigo terrível, uma obrigação exaustiva que desejamos abandonar a todo momento e sob qualquer pretexto.

E, de fato, é assim o trabalho para muita gente. Em função da necessidade, as pessoas são forçadas a aceitar situações aviltantes de exploração, as únicas às quais têm acesso.

Uma parcela menor, com mais recursos financeiros, pode escolher um trabalho que seja mais adequado a suas tendências, habilidades e gostos.

Mesmo para os que podem escolher, muitas vezes o trabalho é vivido como uma carga desagradável, às vezes insuportável.

Por que será isso?

Porque o trabalho é um bom representante da dura realidade. É o que se contrapõe aos sonhos, aos desejos fantasiosos.

Ele marca bem o fim da infância. É o ingresso sem volta na vida adulta.

Por esse motivo, as queixas contra o trabalho muitas vezes explicitam a nostalgia pela perdida dependência infantil, são o querer voltar para o paraíso da proteção paterna.

Além do merecido descanso, recuperamos, na fantasia, um pouco do desejado paraíso nos finais de semanas e feriadões, como este de 1º de maio, o terceiro numa sequência de feriados próximos um do outro.

Mas como o ser humano é muito complicado, tem aqueles que não gostam nada de fins de semana e feriadões. São os workaholics, os viciados no trabalho, aqueles que se sentem completamente perdidos e esvaziados se estão distantes de suas tarefas profissionais.

Para eles, o trabalho representa um refúgio onde se protegem dos afetos e das emoções próprias do contato com as outras pessoas.

O que seria melhor? Ver o trabalho como uma pesada carga que gera a nostalgia pelo paraíso perdido ou vê-lo como um porto seguro contra as tempestades afetivas da vida? O mais difícil é encontrar um trabalho que dê vazão às habilidades e capacidades criativas de cada um.

Anjos e demônios, de Ron Howard

(21/05/09)

O filme *Anjos e Demônios*, tal como *O Código da Vinci*, é do diretor Ron Howard, e ambos saíram de livros homônimos de Dan Brown. Os filmes têm como pano de fundo o tema da religião institucionalizada como Igreja, no caso a católica, cujo poder atingiu uma força de tal magnitude a ponto de constituir um Estado político, o Vaticano.

O filme aborda de maneira rápida, como era de se esperar numa peça de entretenimento, complexas questões, como as relações entre fé e razão, entre a crença no divino e as realidades da política, o abismo entre as virtudes teologais e o cru exercício do poder.

Em *Anjos e Demônios*, especial ênfase é dada ao conflito entre fé e razão, que continua sendo um polo permanente de atrito entre a religião e a ciência.

Pouco tempo antes de falecer, em 2004, o filósofo argelino Jacques Derrida desconstruiu tal oposição ao mostrar que, ao contrário do que pensa o senso comum, a fé não diz respeito apenas ao fenômeno religioso; não implica exclusivamente na crença em Deus. Pelo contrário, para Derrida, a fé é um requisito básico nas relações entre os homens. Em qualquer contato entre dois seres humanos, a fé está implicada. Cada um deve ter fé no outro, deve acreditar no outro; cada um deve partir do princípio de que o outro é capaz de lhe falar a verdade e não quer destruí-lo.

A fé se faz necessária, pois bem sabemos que o oposto é absolutamente possível. O outro pode mentir ou abrigar desejos homicidas.

Derrida avança mais e mostra ainda que muitos valores tidos como próprios da religião e da relação do homem com o divino na verdade dizem respeito à relação entre os homens. Ou seja, Derrida mostra que é necessário distinguir o que é da ética e o que é da religião.

É importante fazer essa discriminação, pois tais valores são ainda habitualmente confundidos. É importante saber que a ética tem autonomia própria e pode se sustentar independente das Igrejas e religiões.

Linguagem e economia

(01/06/09)

Num momento de crise econômica como o que vivemos, muitos buscam informações nas páginas de economia em jornais e revistas, visando preservar suas poupanças de danos maiores.

De modo geral, tais leituras são frustrantes.

Em primeiro lugar, porque o leitor percebe que as próprias autoridades não parecem muito seguras sobre o assunto. O que, aliás, não surpreende. Afinal, como é possível que uma crise de dimensões tamanhas possa ter ocorrido sem que as supostas autoridades não se apercebessem e tomassem as devidas providências? Por se expressarem em estatísticas e números, os dados econômicos adquirem a aparência de ciência exata, fazendo-nos esquecer que a economia faz parte das ciências sociais, está mais próxima das humanidades, onde exercem um papel mais decisivo o desejo inconsciente, o pensamento mágico e onipotente, a louca voracidade pelo poder.

Em segundo lugar, o leitor não consegue entender o jargão usado, o economês incompreensível para os leigos, além de estar ele também entremeado com cifras e números.

É verdade que cada campo do saber tem sua linguagem própria, que precisa ser traduzida, digamos assim, para a compreensão geral. No caso da economia, a transparência da informação por intermédio de uma linguagem clara encontra ainda outros obstáculos. A economia está tão intimamente atrelada à política que fica quase impossível discriminar um campo do outro. E o compromisso com a verdade por parte do discurso político é, para dizer o mínimo, muito tênue.

Não esqueçamos, entretanto, que a questão da linguagem é muito mais ampla. Com ela, saímos da natureza e ingressamos no mundo simbólico, na cultura.

Por meio da linguagem nos comunicamos e, com sua forma escrita, registramos e transmitimos para as futuras gerações a história e o conhecimento acumulado no correr do tempo.

Tudo estaria muito bem se a linguagem não mantivesse uma incontrolável ambiguidade, não acolhesse os duplos sentidos e, com isso, não se constituísse numa permanente fonte de mal-entendidos, mesmo quando aquele que a usa age de boa-fé e pensa estar expressando o que acredita ser a verdade.

Refletindo a dualidade intrínseca do ser humano, que tem permanentemente abertas à sua frente as trilhas do bem e do mal, a linguagem nos permite dizer a verdade e expressar o amor, tanto quanto dizer a mentira e manifestar o ódio e a destrutividade.

Desastre da Air France

(04/06/09)

Além das manchetes desta semana, o desastre com o avião da Air France ocupa grande espaço em nossa mente, em nossas fantasias.

Penalizados e temerosos, nos colocamos no lugar dos passageiros, imaginando como teriam vivido seus últimos momentos.

A morte é sempre assustadora, mas a morte inesperada, violenta e catastrófica, antecedida por grande sofrimento e angústia extrema – como podemos supor que ocorreu com esses passageiros – nos enche de um horror especial.

Ainda mais quando nela fica evidente a importância decisiva do acaso, que deixa tão patente a fragilidade de nossos projetos, nossa vulnerabilidade impotente frente ao que nos reserva o porvir.

Tudo isso faz com que o medo nos invada e nos paralise.

O medo da morte nos leva a temer a vida.

Mas disso somos salvos pelo amor à vida. Ele nos dá forças para lutar contra o medo provocado pela morte e pelo reconhecimento de que o acaso pode alterar de maneira radical tudo o que foi longa e pacientemente planejado.

O amor à vida nos diz que seu valor decorre justamente de sua fragilidade e delicadeza, do fato de estar cercada por tantos perigos. É por isso mesmo que devemos usufruir cada minuto, aproveitar intensamente o que ela nos oferece.

Sabemos que vamos morrer, não sabemos quando nem como – se em meio a intensos sofrimentos ou dormindo placidamente na cama.

Tenho um amigo que diz que a vida é como uma grande viagem de avião. A gente sabe que a qualquer momento o avião pode cair, mas aposta que isso não vai ocorrer e tenta aproveitar ao máximo a viagem.

Sendo assim, que tenhamos todos uma boa viagem!

Neda Agha-Soltan no YouTube

(24/06/09)

Vi no YouTube o vídeo que mostra a morte de Neda Agha-Soltan, a bela iraniana de 26 anos abatida nas ruas de Teerã por um policial enquanto participava de uma manifestação contra as fraudes nas eleições. O vídeo foi filmado pelo celular de alguém, que logo o colocou na internet. O mesmo aconteceu com as fotos da prisão de Abu Ghraib, mostrando as torturas praticadas pelo exército de Bush no Iraque.

A morte da iraniana Neda Agha-Soltan e as torturas na prisão iraquiana de Abu Ghraib são fatos terríveis gerados pelo autoritarismo e pelo desrespeito aos direitos humanos, perpetrados por potências tão distantes como os Estados Unidos e o Irã. O primeiro, como se sabe, é uma democracia ocidental tida como exemplar, e o segundo é uma teocracia do Oriente Médio. Mas em ambas o poder extrapola os limites legais e pratica atos que preferiria manter em sigilo, pois sua divulgação gera constrangimentos e contradiz a verdade oficial que tentam impingir a seus cidadãos e ao mundo.

Termos tido ciência da morte de Neda Agha–Soltan e das torturas de Abu Ghraib mostra como a tecnologia – no caso, os celulares e a internet – têm permitido uma incrível democratização na divulgação da informação, desfazendo qualquer das centralização antes vigentes, quer seja pelos órgãos de imprensa tradicionalmente estabelecidos, quer seja pelas versões controladas pelos Estados.

Muitas vezes ouvimos ou lemos afirmações de que o avanço da tecnologia tornará realidade os pesadelos sociais de Orwell, que pintam o Estado como o Big Brother poderoso, controlando seus cidadãos e destruindo qualquer privacidade. Entretanto, esse temor fica bem diminuído ao tomarmos conhecimento de fatos como o assassinato de Neda Agha-Soltan e os abusos de Abu Ghraib, pois eles mostram que, justamente por causa da tecnologia, fica impossibilitado o controle central da informação, dado fundamental para o funcionamento da democracia.

Seria possível argumentar que os Estados poderiam controlar a venda de celulares ou simplesmente impedir o funcionamento da internet.

Embora tais medidas sejam racionalmente possíveis, na prática são improváveis. Entre o interesse do poder de controlar a informação e o interesse do poder econômico de manter atividades altamente lucrativas, como a fabricação de tecnologia –seja ela de celulares ou de ampliação da rede –, seguramente o segundo ganharia a parada.

A tecnologia da informação reflete mais uma vez a realidade humana, sempre dividida em polos opostos. Se, por um lado, pode ajudar o controle do Estado sobre os cidadãos, da mesma forma ajuda os cidadãos a romperem esse controle.[1]

---

1 Há 13 anos, não se podia prever os rumos que tomariam o controle dos dados que circulam na internet e que os próprios usuários cedem para os grandes bancos de dados pelas grandes empresas e pelos Estados.

Acidente da TAM, dois anos depois

(08/07/09)

Logo mais, vai fazer dois anos do acidente da TAM.

O acontecimento comoveu todo o país e provocou uma enxurrada de comentários e declarações oficiais, ocupando as manchetes nos jornais e na televisão, mobilizando a opinião pública.

Se o grande público ficou tão atingido com as notícias do acidente, não é difícil imaginar a situação dos familiares das vítimas. Para eles, o acidente não foi apenas mais uma manchete, uma informação especial que merecia a primeira página dos jornais, um fato que colocava em jogo a questão da segurança dos voos e dos aeroportos, expondo a corrupção e a inépcia dos órgãos fiscalizadores envolvidos – como logo ficou configurado aos olhos de todos.

Para eles, foi uma verdadeira tragédia, que lhes provocou a insuperável perda de entes queridos, cujo lento trabalho de luto terão de carregar por bastante tempo ainda. Sua dor e sua perda não têm preço. Além delas, é fácil imaginar o transtorno financeiro ocorrido em tais famílias com a morte daqueles que as sustentavam. Daí a necessidade de uma reparação monetária, das indenizações às quais têm direito. Interrogação: já as teriam recebido ou estariam eles ainda emaranhados na teia de tecnicalidades jurídicas e burocráticas, complicada pela má vontade ou mesmo, na pior das hipóteses, pela eventual má-fé dos implicados?

Cabe aos familiares das vítimas do acidente – amparados pela lei e pela imprensa – lutar por seus direitos e pela punição dos responsáveis, não permitindo que o incessante fluxo de notícias que se abate sobre qualquer vivente neste nosso mundo midiático deixe soterrado no esquecimento e na impunidade a tragédia que sobre eles se abateu.

Michael Jackson – um pequeno tributo

(14/07/09)

No final dos anos 1980, circularam fortes rumores de que Michael Jackson pretendia comprar o esqueleto do Homem Elefante, que estava então sob a guarda do Royal London Hospital. Numa famosa entrevista a Oprah Winfrey algum tempo depois, o cantor desmentiu tal compra, apesar de afirmar que se identificara muito com o Homem Elefante ao tomar conhecimento de sua história, pois percebera que havia muito em comum em suas vidas.

É uma confissão reveladora e que torna irrelevante saber se ele teria ou não comprado o esqueleto do Homem Elefante.

O Homem Elefante viveu na Inglaterra vitoriana e ficou famoso devido a sua aparência grotescamente deformada por uma doença congênita, a neurofibromatose. Para não assustar as pessoas nas ruas ou suscitar reações agressivas, ele habitualmente usava um capuz que tapava completamente seu rosto. David Lynch fez um belo filme sobre a vida trágica do Homem Elefante, que, atrás de sua aparência monstruosa, tinha marcantes inteligência e sensibilidade.

Em que Michael Jackson poderia se identificar com esse pobre homem? Seja qual for o motivo, tal identificação deixa transparecer uma grande infelicidade, uma não conformação consigo mesmo que poderia ter uma expressão mais ampla, mas que seguramente se ancorava na aceitação de sua própria realidade física, corporal.

Como sabemos, uma das coisas mais estranhas na inusitada vida de Michael Jackson foi justamente sua relação com o próprio corpo, que submeteu a inúmeras intervenções cirúrgicas a ponto de deixá-lo irreconhecível. No trato de sua própria realidade física, MJ expôs a luta por encontrar uma impossível identidade, ele que se autoproclamava um Peter Pan, o menino que não queria crescer.

Assim, de certa forma, sua antiga identificação com o Homem Elefante terminou por se concretizar. Ao provocar tantas alterações no próprio corpo, transformou-se, ele mesmo, numa figura assustadora, inquietante, quase desumana.

A vida de Michael Jackson, paradigmática dos tempos midiáticos que confundem o público e o privado, mostra também como o psiquismo humano pode ficar cindido, permitindo a coexistência de aspectos muito regressivos e patológicos com facetas extraordinariamente talentosas e criativas.

E é por estas últimas que Michael Jackson será lembrado. Sua morte provocou um grande impacto e foi tocante ver as manifestações espontâneas de multidões nos mais variados lugares do mundo, cantando e dançando suas músicas, numa comovida homenagem de despedida.

O futuro chegou

(16/07/09)

A internet é o futuro que chegou. E chegou de forma discreta, sem grande alarde, sendo rapidamente assimilado em larga escala por todos os níveis da sociedade, transformando-se em algo de uso corrente.

Essa grande familiaridade que a internet conseguiu encobre a radicalidade e profundidade da silenciosa revolução que ela vem realizando.

Há muitos ângulos pelos quais pode ser visto o fenômeno da internet, que, enquanto mídia virtual, ameaça tornar obsoletas todas as demais ao possibilitar, de forma antes impensável, a circulação e troca de informação, favorecendo a difusão do conhecimento.

Aqui, enfatizarei mais sua atuação na área dos relacionamentos humanos, em que tem também criado oportunidades antes inexistentes. A internet permite que pessoas com peculiaridades e características muito especificas possam encontrar seus pares, saindo da solidão em que viviam até então. Entre esses interesses, especial relevância têm os envolvimentos amorosos e sexuais. São cada vez mais populares os sites de relacionamento como Orkut, Facebook, Flickr, Twitter, YouTube. Os relacionamentos pessoais se transformaram num novo mercado extremamente promissor. A internet recupera uma figura tradicional em muitas culturas, e que tinha caído em ostracismo nos últimos tempos, a figura da casamenteira. Já não soa tão estranho saber que determinado casal se conheceu pela internet.

Além dos relacionamentos amorosos, a internet tem provocado uma outra revolução nos costumes, ao publicar abertamente a pornografia. Cercada de muitos preconceitos, a pornografia, em muitos países, era cercada de inúmeros impedimentos que penalizavam aqueles que a produziam, comercializavam e distribuíam. Tudo isso caducou com a internet, que a tornou facilmente acessível a todos. Os sites pornográficos são os mais acessados na rede. Esse fato demoliu as afirmações supostamente científicas que diziam ser a pornografia uma incitadora de crimes sexuais e abusos de mulheres e crianças.

A realidade mostra que tal afirmação não passa de uma crença moralista, pois se verdadeira fosse, com a quase completa liberação da pornografia pela internet, estaríamos presenciando e sofrendo uma desastrosa epidemia de crimes sexuais.

A tecnologia, via internet, provoca significativas mudanças no panorama da moral e dos costumes, ajudando a diminuir a força do preconceito e da hipocrisia.

Pandemia

(03/08/09)

A possibilidade de uma pandemia, como se teme em relação à gripe suína, provoca o medo de uma calamidade universal que coloque em risco a sobrevivência da raça humana.

As pandemias revelam uma possibilidade muito atual, e que poderá se intensificar no futuro, na medida em que suas ocorrências ficam mais viabilizadas pela aproximação cada vez maior de todas as regiões do globo terrestre em função do extraordinário avanço dos meios de transporte.

As pandemias acordam lembranças assustadoras da humanidade, como as grandes pestes que assolaram a Europa na Idade Média, a gripe espanhola no começo do século XX e, mais recentemente, o pânico trazido pela aids.

A possibilidade de pandemias também suscita fantasias e temores imaginários. O que não é de surpreender, pois, no nosso dia a dia, procuramos viver sem pensar muito na morte.

As notícias de uma eventual pandemia nos devolvem aquilo que até então estava rigidamente reprimido em todos nós – a presença da morte e a possibilidade nada remota de que ela nos atinja de forma imediata.

É claro que isso provoca um choque, e se as notícias não forem bem dosadas, podem desencadear uma comoção coletiva.

Mas talvez a ideia de uma grande mortandade provocada por uma pandemia de efeitos apocalípticos possa ser, paradoxalmente, uma generalizada defesa narcísica.

É intolerável pensar na própria morte, que virá um dia com ou sem pandemia. Uma morte individual e solitária como sabemos ser o mais provável que aconteça para cada um de nós. Uma morte que nos leva, mas deixa vivas as demais pessoas.

É duro pensar que vamos morrer e que, com exceção daqueles poucos que nos amaram, o mundo continuará a girar como se nada tivesse acontecido, como se nunca tivéssemos existido.

Uma maneira de reparar a ofensa narcísica dessa constatação é pensar que morreremos todos juntos numa grande hecatombe – uma guerra atômica, o choque de um meteorito em nosso planeta, uma contaminação qualquer, uma pandemia.

A fantasia narcísica diz: "Morro sim, mas não morro sozinho, morrem todos comigo; o mundo não se acaba só para mim, acaba para todos".

Operación Pandemia

(06/08/09)

Circula pelo YouTube um interessante vídeo argentino, chamado "Operación Pandemia". Seus autores tentam desconstruir as previsões calamitosas sobre a gripe suína.

Recordam-nos eles que, muito recentemente, em 2005, se alardeou o perigo de uma gripe aviária, que, segundo a Organização Mundial de Saúde, poderia matar até 7 milhões e meio de pessoas.

Só nos Estados Unidos, previa-se que morreriam 2 milhões de pessoas. Tais previsões fizeram com que o governo norte-americano gastasse 1 bilhão e meio no estoque da medicação Tamiflu para fazer face à pandemia. Entretanto, a ela não aconteceu e, nos Estados Unidos, ninguém morreu de gripe aviária, doença que hoje em dia está complemente esquecida.

Mas não para aí a história. O laboratório norte-americano Gilead, posteriormente adquirido pela Roche, produziu o Tamiflu em 1996 e, na ocasião, era comandado por ninguém menos que Donald Rumsfeld, que depois veio a ser secretário de defesa de Bush, justamente na época da gripe aviária.

O vídeo afirma que as campanhas sobre pandemias podem ser manipuladas em função de interesses econômicos escusos, às custas do pânico provocado na população.

Alguns dirão que o vídeo argentino é expressão das teorias conspiratórias que em tudo veem o dedo maligno do capitalismo a manipular dados e fatos para faturar melhor.

Oposta a essa visão, circula uma outra na internet, afirmando que a gravidade da gripe suína e o número de mortes são muito maiores do que está sendo divulgado pelo governo.

Vê-se que são duas versões opostas sobre a gripe suína. Uma minimiza sua gravidade e alerta para manipulações favorecedoras de grandes negociatas. A outra, mais catastrofista, diz que o governo sonega informações graves sobre a pandemia.

Levadas às últimas consequências, as duas versões poderiam ser vistas como sintomáticas, na medida em que veiculam reações emocionais características frente a uma situação de perigo – por um lado, a negação; por outro, a magnificação do problema.

Curioso ainda é que ambas as versões apelam para teorias conspiratórias.

Teoria conspiratória por teoria conspiratória, fico com a do vídeo argentino.

Questão de linguagem

(13/08/09)

Leio nos jornais que serão instalados 100 radares inteligentes nas estradas de São Paulo.

Tais radares detectam infrações por excesso de velocidade, identificam pela foto da placa se o carro é roubado, se o IPVA está em dia e se a carteira de habilitação do motorista está vencida.

É, pois, um vigilante atento da lei e, como tal, deveria ser valorizado pela função que executa em prol do bem comum.

Curiosamente, na notícia, ele recebe o ambíguo apelido de "dedo duro".

Ora, a expressão "dedo duro" evoca os tempos obscuros da Ditadura, a delação, a traição, a denúncia escusa e desleal, os atos reprováveis e desprezados socialmente.

Nesse apelido, vê-se então uma inversão de valores.

O radar deixa de ser visto como algo valioso e passa a ocupar simbolicamente um lugar caluniado e desprezado. Já os infratores, que, eles sim, deveriam ser censurados e punidos, ficam como vítimas da denúncia ignóbil de um "dedo duro".

Dizendo de outra forma, chamar o novo radar inteligente de "dedo duro" é tomar uma posição muito clara – é desprezar a lei e o radar que a representa, é tomar partido do infrator. É aprovar suas infrações, é torcer para que elas continuem impunes, sem levar em conta os riscos que delas podem decorrer.

É claro que este é um pequeno exemplo, mas que poderia ser tomado como um sintoma da crise ética que cronicamente está estabelecida em nosso país. A lei e seus mecanismos são desprezados e é exaltada a malandragem, a falcatrua, a infração.

As autoridades, supostos mantenedores do patrimônio simbólico da pátria, deveriam estar atentas para tais deslizes semânticos, procurando entender suas motivações.

Mas como as autoridades poderiam estar preocupadas com tais questões simbólicas e sua relação com o patrimônio ético da nação se concretamente o ignoram ao agirem de maneira escandalosa à vista de todos, certos da impunidade e de que a opinião pública efetivamente pouco conta numa democracia como a nossa, assentada em currais eleitorais?

Nesses últimos episódios do Senado, todos veem como a ética mais elementar é ignorada e nossa cidadania é sistematicamente aviltada. Ouvimos – entre envergonhados, assustados ou indignados – os discursos de suas excelências, nos quais elas se comportam como se estivessem falando para uma imensa plateia de imbecis, da qual todos fazemos parte eu e você, prezado ouvinte.

O médico e o monstro

(20/08/09)

O caso do médico Abdelmassih é surpreendente sob vários aspectos.

Ao saber das sérias acusações que pesam sobre ele, é difícil não fazer como uma de suas vítimas, que, ao relatar na televisão suas experiências traumáticas, o associou ao conhecido livro de Stevenson, *Strange Case of Dr. Jekyll and Mr. Hyde*, aqui traduzido como *O Médico e o Monstro*.

Nesse romance gótico de Stevenson, um respeitado médico se transforma periodicamente num assassino ao tomar uma determinada poção.

Esse livro é uma intuição pré-freudiana, uma metáfora que ilustra bem a divisão estrutural do psiquismo humano em duas instâncias em permanente conflito.

De fato, a psicanálise mostra como, ao lado do ego consciente, que ostenta os valores e os ideais socialmente valorizados, existe uma dimensão inconsciente da mente humana, na qual se escondem, reprimidos, os desejos egoístas, sexuais e agressivos.

Na verdade, para que possamos viver em sociedade, tais desejos têm de ser necessariamente reprimidos em prol do bem comum. Mas eles continuam a existir e aparecem, na maioria das vezes, de forma disfarçada, distorcida e simbólica, por intermédio dos sintomas psíquicos, dos sonhos, dos atos falhos.

Caso se comprovem as acusações que pesam sobre Abdelmassih – como tudo indica que vai acontecer –, parece que sua conduta apontaria para uma profunda perturbação psíquica, que teria impedido o manejo adequado desses impulsos que são comuns a todos os seres humanos, mas que, na maioria das pessoas, estão rigorosamente reprimidos e impedidos de se manifestar de forma livre.

O que é ainda surpreendente é como Abdelmassih pôde agir impunemente por tanto tempo sem ser denunciado e, consequentemente, punido.

Possivelmente o lugar e a importante função que exercia deixavam suas vítimas mais intimidadas e impossibilitadas de se defenderem.

Além disso, é de se pensar se a relutância das vítimas em denunciá-lo não evidencia uma descrença na justiça brasileira, tão difundida em todos os extratos de nossa sociedade.

É comum o comentário de que, no Brasil, os ricos e poderosos estão acima da lei, apenas os pobres vão para a cadeia.

Assim, a própria prisão de Abdelmassih é também surpreendente.

Quem sabe ajude a recuperar a combalida confiança de todos na justiça brasileira.

Democracia efetiva

(10/09/09)

O presidente do México, Felipe Calderón, em recente discurso sintetizou muito bem o estado político de toda a América Latina ao conclamar os demais líderes da região a darem o salto do sufrágio efetivo à democracia efetiva, abrindo uma nova era de mudança e esperança para os povos.

Calderón faz uma distinção simples, mas fundamental. O sufrágio efetivo – ou seja, a situação política na qual a sociedade pode exercer seu direito de voto – não é a mesma coisa que a plena democracia.

De fato, foi preciso que todas as ditaduras da América Latina caíssem para que esta diferença entre efetivo sufrágio e efetiva democracia se evidenciasse de forma clara. Se nos regimes ditatoriais os cidadãos perdem seus direitos e não podem mais votar, pensava-se que nos regimes democráticos, por meio do voto, os abusos do poder seriam coibidos. Mas não é o que se vê.

Com exceção da diferença fundamental trazida pela liberdade de imprensa e de opinião, os abusos e violências contra as instituições e o bem comum continuam ocorrendo apesar de estar em vigor o efetivo sufrágio, ou seja, de todos estarem votando.

Em função do baixo nível de escolaridade e da precária situação socioeconômica em que estão mergulhadas, amplas camadas da população, apesar de exercerem formal e livremente seu direito de voto, o fazem de forma alienada, ignorando o poder que têm nas mãos. Muitos desses cidadãos estão presos à luta pela sobrevivência imediata. Tudo isso os deixa numa situação vulnerável, passíveis de serem facilmente manipulados por políticos desonestos.

É o que acontece agora no Brasil. Graças à liberdade de imprensa, a corrupção e as ilegalidades ou mesmo os crimes cometidos pelos políticos são amplamente divulgados. Mas apenas uma minoria informada da população fica estarrecida e indignada. A grande maioria, por causa da própria ignorância e desconhecimento, mantém-se apática.

É por esse motivo que os políticos brasileiros estão convencidos de que podem impunemente se lixar para a opinião pública – tão inexpressiva ela é em termos quantitativos.

Incisões no corpo

(17/09/09)

Vi ontem na rua um rapaz que chamava a atenção de todos, pois usava um grande anel de expansão no lóbulo da orelha.

Apesar da estranheza que provocava, o rapaz se inscrevia numa longa tradição de modificações impostas ao corpo por imposições culturais.

Essas modificações são feitas diretamente no corpo ou nos envoltórios que o cobrem, ou seja, nossas roupas. Se olharmos os movimentos da moda através dos séculos, vamos observar como a silhueta do corpo humano se altera no correr do tempo. O volume dos tecidos nas roupas masculinas e femininas, com seus diferentes panejamentos, ao que se acrescenta o feitio dos penteados, dão novas formas e aparências ao corpo, ora o exibindo, ora o escondendo.

Vestir o corpo, pintá-lo, tatuá-lo, perfurá-lo, introduzir nele objetos, retirar dele determinadas partes – tudo isso são formas de o homem dizer que saiu do domínio da natureza. Ele é um animal, sim, mas é um animal que acedeu ao mundo simbólico da cultura.

No corpo reside o mistério do sexo e da morte. É com o corpo que gozamos o prazer e sofremos a dor física. O corpo é o que testemunha mais diretamente a passagem do tempo para nós. É este corpo o que um dia abandonaremos, devolvendo-o ao pó de onde saímos.

Voltemos ao rapaz com o disco de madeira no lóbulo. Ao vê-lo, lembrei das comunidades indígenas que usam tais ornamentos.

Se nas tribos essa prática é compartilhada por todo o grupo social, no caso do rapaz o uso do disco de madeira no lóbulo é um gesto de ruptura e desafio em relação aos costumes de sua sociedade. É uma provocadora forma de afirmar sua individualidade.

Mas por que teria ele escolhido justamente essa forma para se afirmar? Estaria ele expressando no corpo uma questão emocional? Criando um espaço vazio onde antes havia a íntegra continuidade de seu lóbulo? Estaria ele manifestando a percepção de uma insuportável pressão psíquica, uma angústia comprimida e compactada que necessita um espaço para se expandir e tornar a vida mais tolerável?

Talvez alguns considerem um tanto extravagante tal hipótese, mas ela não me parece de todo impossível, pois muitas vezes o corpo serve de palco para as angústias, que ali aparecem travestidas como dores imaginárias e impedimentos físicos fantasiados.